角川春樹事務所

目次

主な登場人物

おふゆ　十七歳の絵師見習いの娘。絵師歌川国藤のもと、住み込みで修業をしている。

歌川国藤　おふゆの師匠。米沢町に工房兼住まいを構える。

岩五郎　おふゆの兄弟子。勇壮な武者絵の巧者。

国銀　おふゆの兄弟子。国藤の門下で最も年かさ。妖怪絵を得意とする。

市之進　三代目富沢市之進として、浅草の芝居小屋に出ている役者。美男子。

お京　市之進の母親。旅芸人一座の女座長。

おりん　両国橋の近くにある茶屋「卯の屋」のおかみ。

おくり絵師

森明日香
Asuka Mori

第一章　萌芽

一

往来を風鈴売りが行く。涼しい音色は心に染み入り、ひと呼吸を置く余裕を生んだ。

おふゆは、手ぬぐいで丁寧に額を拭（ふ）いた。汗が落ちたら、絵がにじむ。

畳の上に広げたのは青い毛氈（もうせん）。涼を誘う色だが、六月の風は湿っぽい。手の平の汗を拭（ぬぐ）ってから、半紙を置いて目を閉じた。

風鈴売りが遠ざかると、屋根の上で鳴く雀（すずめ）の声に気がついた。

二羽か、それとも三羽か。軽やかな囀（さえず）りは楽しげだ。土をまぶしたような頭と、丸くて黒い目が脳裏に浮かぶ。

やがて、おしゃべりに飽きた雀が屋根を蹴（け）り、ぱっと飛び立つ気配がした。

「……描（か）ける」

目を開いて、筆に墨を含ませた。

描くのは、「舌切り雀」の挿絵。子どもが喜ぶ草双紙だ。雀の輪郭を描こうとして、おふゆの手が止まった。尾の長さや、羽の模様がおぼろげだ。日頃、よく目にしているのに、いざ筆を執るとあやふやになる。

お腹は白っぽくて、頰には黒いぶちがあって。必死に思い出しつつ、手を動かす。両袖を白い襷で絞り、剝き出しになった腕が汗ばんできた。

工房には、おふゆのほかに四人の弟子がいた。毛氈が重ならないように、風の通りを妨げないようにと、互いに間を空けている。

六畳間を工房として使っているが、おふゆは兄弟子たちに気を遣い、いつも壁際で毛氈を広げた。小柄な身体をいっそう縮めて、半紙の上に屈み込む。

暑さに閉口しているのは、ほかの弟子も同様だ。早く描き上げ、工房を出て涼みたい。ところが、弟子たちは筆を置き、ある一点を見つめている。その視線の先には、歌川国銀がいた。

「こういう怖い絵を描くのは難しいんだよ」

一枚の錦絵を高々と掲げた。

夏は涼を求める季節。巷では、国銀が描いた絵が話題となっている。それは、「百鬼夜行」を素材にした妖怪絵だ。

国銀は三十近く。弟子の中で最も年かさだ。細面で目尻が上がった国銀が睨むと、弟子は縮み上がる。自慢げに語る様子は鼻につくが、ぐっと堪えて耳を傾けていた。一羽の雀を描き終えたところで、おふゆは身体を起こした。筆を絵皿の上に横たえ、描いたばかりの絵をつくづくと見る。途端に、がっかりした。

これでは、師匠からやり直しを命じられる。糊が入ったお椀に近づく小さい雀。横向きの、何の工夫もない図だ。頭に浮かんだ雀をそのまま描いただけ。こういう絵は、誰でも描ける。だが、国銀の絵は違う。大胆かつ斬新で、恐怖心を煽る。納涼を求める江戸っ子は、争うように妖怪絵を買っている。

おふゆは目を上げ、国銀が掲げる絵を見た。髑髏や化け猫、のっぺらぼうや一つ目小僧など、古から伝わる妖怪たちが列をなして飛んでいる。人魂が浮遊し、背景は月も星もない暗闇。妖怪たちは口を大きく開け、にたにたと笑っている。双眸には残忍な色が浮かび、目が合ったら、取って食われそうだ。

よく知る妖怪なのに、新鮮味がある。しかも、国銀の筆は容赦ない。より壮絶で、残虐な妖怪に仕立て上げている。

鬼気迫る絵を手に、国銀の口は止まらない。きんきんと、高い声で言う。

「昔の本で調べるだけじゃ足りないんだよ。自分の頭で考えて、作り出さなきゃいけないんだ。そんなことができるのは、江戸に数多いる絵師の中でも私しかいないね。いつか、私は鳥山石燕を超えてみせる」

鳥山石燕とは、「画図百鬼夜行」を描いた絵師だ。妖怪たちを滑稽に描いた画図は大評判となった。

妖怪絵と言えば、即座にその号が浮かぶほど著名な絵師。その鳥山石燕を引き合いに出したのだから、弟子たちは呆れ顔になった。だが、国銀は一向に気づかない。評判の高さをとくとくと語る。

自信満々な態度はいただけないが、絵の見事さにおふゆは瞠目した。

羨ましい、と胸の内でつぶやく。

わたしに、あんな恐ろしい絵は描けそうにない。そもそも、頭に浮かばない。どうすれば、ああいう妖怪を生み出せるのか……。

隣では、兄弟子の岩五郎が一心不乱に絵を描いている。唯一、国銀の自慢話を気にしない。

岩五郎は二十代半ばで、号は国岩。工房では岩さん、岩さんと呼ばれている。勇壮な武者絵の巧者で、その実力は国銀と並ぶ。今も、大きな刀を振りかざし、化け物に斬りつけようとする武者を描いていた。

一気に線を引き、ひと息ついたところを見定めて、おふゆは岩五郎に話しかけた。

「評判がいいんですね、国銀さんの絵」

「なんやて」

岩五郎は顔を上げた。

「あの妖怪絵です。かなり人気があるみたいです」

ほう、と岩五郎は国銀に顔を向けた。しかし、感心した様子はない。冷めた目で国銀を眺めている。

「鳥山石燕を超えるとか言うとったけど、何を勘違いしとるんや。画風がちゃうで。石燕師匠は、あんな気味悪い妖怪は描いとらん。もっと愛嬌があるで」

気にする素振りは見せなくとも、耳はしっかり捉えていた。

「おふゆも妖怪を描きたいんか」

「いえ、そうではなく……」

ためらったが、思い切って尋ねた。

「どうすれば絵が上手くなるんでしょう」

岩五郎は、名前の通りに四角い顔をしており、ぎょろりと大きな目は飛び出ているように見える。だが、面倒見がよく、上方出身で話し好き。同じ住み込みだし、おふゆにとって相談しやすい兄弟子だった。

「せやなあ」

おふゆの切羽詰まった表情が気になったらしい。岩五郎は硯の上に筆を置いた。

「上手くなりたいんか」

「はい」

真顔でうなずいた。

「いくつになったんや」

「十七です」

「錦絵を描いたことはないんやろ」

「……はい」

おふゆは唇を噛みしめた。悔しさが湧き出てくる。

師匠の歌川国藤から与えられるのは、黄表紙や草双紙の挿絵描きばかり。おふゆでなくとも、数年の修業を経た弟子なら誰でも描ける絵だ。そのうち、後から入った弟弟子に追い越されるかもしれない。日に日に、焦る気持ちが強くなる。

「上手くなる秘訣はただひとつ。まずは、上手い人の真似をすることが大事や」

「真似……」

　おふゆは目を見張る。誰の真似をすればよいのだろう。

「手っ取り早いのは、師匠や兄弟子の真似をすることやな。あそこにおる国銀はん。知っとったか、師匠にそっくりな絵を描けるんやで。真似しとったら、そのうち上手くなるで。技は盗んでなんぼや」

「そんな大きい声で……」

　慌てて止めたが、遅かった。やり取りを聞きつけ、国銀がじろりと睨む。

「それは私のことかい。真似だの盗むだの、人聞きの悪いことを言わないでおくれ」

　しかし、岩五郎は動じない。

「なんや、聞こえてしもうたか。閻魔（えんま）様みたいな地獄耳やなあ。さすが妖怪をぎょうさん描いとる人は違うわ。地獄に近いところにおるんやな」

　国銀は鼻先で笑った。

「言いたいやつには言わせておくさ。じたばたしている下っ端なんか、私はいちいち相手にしないよ。結果を出した者には敵（かな）わないんだからね」

　さらに辛辣（しんらつ）な皮肉が続く。

「大体、絵が上手くなってどうするんだい。上達したところで、何の役にも立ちゃしないよ。どうせ、嫁に行くまでのお稽古ごっこだろう」

それが、おふゆに対する嫌みであることはすぐにわかった。普段から、国銀はおふゆに辛く当たる。国藤の門下で、唯一の女弟子を快く思っていない。

顔を曇らせ、おふゆはうつむいた。国銀は、国藤の片腕として一目置かれている。高弟に言い返すことなどできるはずがない。

弟子たちは一様に顔を伏せた。誰も、口を開こうとしない。おふゆの味方をしたら、国銀から目をつけられる。

険悪な雰囲気を感じ取り、岩五郎は懐から財布を取り出した。

「根詰めて描いとったら、頭がしびれてしもうたわ。おふゆ、済まんけど、甘いもん買うてきてくれ」

おふゆにいくらかの銭を渡した。

「甘いもんなら何でもええで。今時分なら、卯の屋は混んどらんやろ。じっくり選んできてや」

両手を挙げて伸びをすると、大声で言った。

「ずっとここにおったら、真っ赤っかの茹で蛸になってまう。ちゃっちゃと描いて、さっさと終わらせようや」

威勢のいい声に、弟子たちは弾かれたように背を伸ばす。そして、各々が描いていた半紙に向かった。もう、国銀を見ようとしない。

「……ふん」

いきなり幕を下ろされた国銀は、悔しそうな一瞥を投げて工房を出て行った。

二

空は晴れ渡り、雲ひとつない。午後の日差しはきついが、跳ねる気持ちを抑えて、おふゆは東へと向かった。

師匠の歌川国藤は米沢町に住んでいる。二階に住居がある表店では、国藤が描いた色紙や短冊を女房のおなみが売っていた。

おふゆが目指す卯の屋は、両国橋の近くにある。米沢町から五町（約五四五メートル）しか離れておらず、子どもの足でも楽に行ける。

ゆっくりでいいと岩五郎は言ったが、おふゆは早足で卯の屋に向かっていた。気が急いて、足がもつれる。こつんと草履の先が小石に当たり、身体が大きく傾いた。

転びそうになったところを、

「おっと、危ねえ」

危うく誰かに支えられた。

「申し訳ありません」

すぐに離れようとしたが、顔を見て驚き、足が止まった。

「大丈夫かい、おふゆちゃん」

「市之進さん……」

どきどきしながら、さりげなく離れた。抱き留められたところが熱い。

髪の乱れを手で整え、そっと自分の身なりに目をやった。朽葉色の縦縞は何度も水をくぐっている。黒繻子の帯は形が崩れてないかしら。出かける前に確かめればよかった。

ちらりと市之進に目を向けると、涼しげな目を細めて、おふゆを見ていた。端整な顔立ちには品があり、全身から爽やかな香気が匂い立つ。着物は黒地に銀鼠の格子柄で、地味な色合いが却って粋に見える。

もしかしたら会えるかもしれない。淡い期待を胸に、足を急がせた甲斐があった。

往来を歩く女が二人、市之進に目を留めた。視線を向けたまま、女たちはひそひそと話をする。

「鯔背だねえ」

「ずいぶん色っぽいじゃないか」

通りすがりに、切ない吐息を漏らす。そして、隣の女は何者かと、険のある眼差しをおふゆに投げた。

昔から、変わらない。道行く女たちは、市之進の整った容貌に注目する。そのたびに、いたたまれない気持ちになり、目を伏せて女たちが遠ざかるのを待つ。

視線に慣れているのか、市之進は一向に頓着しない。身を縮めるおふゆに、機嫌よく話しかけた。

「これから卯の屋に行くのかい」

「はい。お使いです」

「そうか。俺も行きてえところだが、あいにく人捜しの最中でな。厄介な用事さえなけりゃあ、おふゆちゃんと団子でも食いてえところだ」

無邪気な物言いに、おふゆの気持ちは和らいだ。

自分の容姿を鼻にかけたり、思わせぶりな態度を取ったりしない。明るく、あっけらかんとしていて、そばにいるだけで朗らかな気分になる。

四年前、江戸で再会した日もそうだった。

あの日も、おふゆはお使いに出ていた。卯の屋の前を通りかかったとき、後ろから声をかけられた。

「おふゆちゃんじゃねえか」

振り向くと、市之進がいた。床几に座って餅菓子を食べている。思いがけない再会に、おふゆは声も出なかった。

その時に、おふゆは鷹野屋の先代に見込まれ、三代目富沢市之進と名乗っていることを知った。それから、浅草の芝居小屋に出ていることも。

一緒に食わねえかと誘われたが、板元へ行く途中だからと止むなく断った。

以来、年に何度か、甘い物を食べながら話をする。他愛のない話ばかりだが、互いに修業中の身。約束を交わす余裕はない。おふゆは、市之進に会える日を心待ちにしていた。

「残念だが、またな。これから人を……」

市之進は口をつぐんだ。

振り向いたら、男が一人、足をふらつかせながら歩いていた。

「矢助さん、捜してたんですぜ」

市之進が駆け寄ると、男は足を止めた。

紺縞の着物を着ているが、どこかで転んだのか裾は泥だらけだ。相当に飲んだらしく、離れていても酒の匂いがする。

男の血走った目が恐ろしく、おふゆは足がすくんで動けなくなった。

「なんでえ、市之進じゃねえか」

腹の底から出すような、低くて太い声だった。市之進より年上に見える。荒れた暮らしをしているのか、頬は削げ、皮膚は灰色だ。

「夕べから帰らないし、本読みをすっぽかしたんで、頭取がかんかんになって怒ってますよ」

男に睨まれても、市之進は穏やかに接する。

「ふん。それで捜してたってわけか。ご苦労なこった」

「両国橋で張ってりゃ見つかると思ってたんで。さ、帰りやしょう。夕方から稽古が始まります」

「うるせえっ。旅芸人上がりが、生意気な口を利くんじゃねえっ」

男がいきなり怒鳴ったので、市之進はおふゆを背中にかばった。

「矢助さん、落ち着いてください。ここは往来です。人の目がありますから」

「へっ、どうせ役を干された身だ、誰にどう思われようと構やしねえよ」

その一言に、市之進は態度を変えた。

「それなら、一座を抜けてください」

物腰低く応じていたが、凄（すご）みのある声で言った。

「なんだとっ、もういっぺん言ってみろっ」

「やりたくないなら、役者をやめればいいんですよ」

「……野郎」

男のこめかみに筋が立つ。

「てめえを恨んでる連中は山ほどいるんだっ。そいつらに声をかけたら、てめえなんざ、たちまち奈落（ならく）の底だっ」

怒りにまかせて、男はわめき散らした。しかし、市之進は微動だにしない。

「あいにくですが、邪（よこしま）な手に落ちるほど、俺は世間知らずじゃありません。旅芸人の出自は伊達（だて）じゃねえんで」

勢いに呑まれ、男は後じさった。

「覚えてろよっ。てめえなんか叩（たた）き落としてやらあっ」

男は啖呵（たんか）を切ると、ふらふらと浅草橋の方へ向かった。その姿を見送ると、市之進は振り向いて言った。

「どうやら小屋に帰るみてえだな。これで、俺のお役目はご免だ」

苦笑いを口元に浮かべて、納得したように市之進はうなずいた。そして、おふゆに申し訳なさそうに言った。

「済まねえ。怖い思いをさせちまった」

「いいえ」

おふゆは、男の物騒な物言いが気になった。

「今の人も役者さんですか」

「ああ。矢助さんは俺の兄貴分だ。役が回ってこねえから、くさくさして真っ昼間から酒を飲んでるんだ。そんな暇があるなら、真面目に稽古をすりゃあいいのに」

それを聞いて、たちまち不安になった。

「あのう、大丈夫ですか」

「何がだい」

「意地悪されませんか」

すると、市之進は愉快そうに笑った。

「そんなもん、気にすることあねえよ。何かされても、俺は相手にしねえから。芸さえ身につけてりゃあ、何も怖いもんはねえんだ」

強張っていた顔がゆるむ。市之進に何かあったら、平静ではいられない。

「俺が仕返しされるんじゃないかって、心配してくれるのかい。ありがとよ。おふゆちゃんはいい子だなあ」

褒められたことが照れくさく、もじもじと下を向いた。

「いけねえ。お使いの邪魔をしちまった。じゃあな、また会おうぜ。次は、ずんだ餅を一緒に食えたらいいな」

颯爽（さっそう）とした足取りで浅草橋へと向かった。その後ろ姿が人混みに紛れて消えるまで、おふゆはずっと見つめ続けた。

三

卯の屋に客の姿はなかった。店の前に出ている床几には誰も座っていない。おやつ時が過ぎたせいだろう。

おふゆが店の中に入ると、

「いらっしゃい」

おかみのおりんが、にこにこと出迎えた。

卯の屋は小さな構えの茶屋だ。おりんと、息子の寅蔵（とらぞう）の二人で営んでいる。時折、男の客から、若い姉さんはいないのかと冷やかされるらしい。

そのたびに、

「あいにく、うちは婆(ばば)だけで」

笑い飛ばしてるんだと、おりんは言った。

おりんは四十を過ぎており、ふっくらした身体つきをしている。けれど、狭い店の中をすいすいと歩くし、心配りは細やかだ。大きな声でよく笑い、目尻はいつも下がっている。

女の客だけではない。卯の屋に男の客も途切れない理由のひとつは、おりんの愛想のよさにあった。

「お饅頭(まんじゅう)を二つお願いします」

岩五郎は甘い物が大好きだ。江戸には甘味処(かんみどころ)がたくさんあるが、中でも、卯の屋の饅頭を気に入っている。赤ん坊のこぶしほどの大きさで、白い皮は柔らかい。粒餡(つぶあん)はずっしりと重く、黒砂糖の風味が香ばしい。

「すぐ包むから、座って待ってな。寅蔵、饅頭ふたつ」

はいよ、と暖簾(のれん)を手で分け、寅蔵が顔を出す。

「おふゆちゃん、いらっしゃい」

寅蔵は大柄で、微笑(ほほえ)んだ顔はおりんにそっくりだ。目尻が垂れて、常に口の端が上がっている。こんにちは、とおふゆも頭を下げた。

卯の屋に客が途切れないもうひとつの理由は、寅蔵がこしらえる菓子だ。寅蔵は、子どもの頃から菓子屋で修業をしていた。ことに、団子の柔らかさ、滑らかさは評判がいい。

「こんな小っちぇえ店のくせに、菓子だけは絶品だな」

茶化した客は、おりんに背中を叩かれた。

「おふゆちゃん、暑かったべ。今、水をやっから」

おりんは、湯呑(ゆの)みに瓶(かめ)から水を汲(く)んだ。

「ありがとうございます」

喉(のど)が渇いていたので、一杯の水をいただけるのは有難い。おふゆは両手で湯呑みを受け取り、ごくごくと喉を鳴らして飲み干した。甘くて沁(し)みる。

おふゆがひと息ついたのを見て、おりんは話しかけた。

「枝豆が出てきたんで、そろそろずんだ餅を作るべと思ってたんだ。おふゆちゃん、大好きだべ。今年もいっぺえ作っかんな」

おふゆは目を輝かせた。

「はい、楽しみにしています」

「思い出すねえ、おふゆちゃんが初めてここに来た日のこと」

おりんは懐かしむように言った。

「へえ、何かあったのかい」

紙包みを手に、寅蔵が聞いた。お待たせ、とおふゆに渡す。

「あんたにまだ話してねがったね。おふゆちゃんとは不思議なご縁があったんだよ。んだべ、おふゆちゃん」

「そうなんです」

こっくりうなずいた。

あの年の夏も暑かった。空梅雨が続き、人々は恨めしげに空を仰いでいた。

ある日、おふゆは茶菓子を買いに行くように言いつかった。

「卯、の、屋」

渡された図と看板を見比べながら、ようやく両国橋のそばの茶屋に辿り着いた。背が高い店主に注文が書かれた紙を渡すと、ふくよかなおかみが出てきて、白湯を飲むように勧められた。床几に座ってぼんやりしていたら、行商人が食べているものに目が留まった。

それは、ずんだ餅だった。丸めた餅に、すり潰した枝豆をつけた菓子だ。

「知ってっかい。これは仙台の名物なんだ」

おふゆの様子に、尋常ではないものを感じたのだろう。おかみが、ずんだ餅を皿にのせて差し出した。おふゆは首を振って拒んだが、おかみは引かない。とうとう根負けして受け取った。

ずんだ餅を頬張ると、枝豆の清々しい香りに涙腺を刺激された。おかみが理由を尋ねると、おふゆはしゃくり上げながら言った。

「おら、仙台にいた」

おふゆはたった十二、江戸に来て三月になったところだった。

話を聞いて、おかみはもらい泣きをした。

「おらも同じだ。飢饉で食えねくなって江戸に来た」

以来、おふゆにとって、卯の屋は故郷を偲ぶ店となった。

「……そんなことがあったんだ。おれ、ちっとも知らなかった」

年明けに父親が亡くなり、寅蔵は卯の屋に戻って跡を継いだのだ。

しんみりする寅蔵の背中をおりんは思い切り叩いた。

「いってえなあ」

寅蔵は顔をしかめた。

「おめがそんな顔してどうすんだ。おふゆちゃんが心配する」

おりんは、目を丸くしているおふゆに笑いかけた。

「ずんだ餅こしらえたら、食べに来さい」

「はい、必ず来ます」

うなずきながら、おふゆは胸の内で反芻した。

――次は、ずんだ餅を一緒に食えたらいいな。

さっき顔を合わせたばかりなのに、もう待ち遠しい。

ずんだ餅が出回るようになれば、市之進さんが来る。卯の屋で会える。

ほのかな期待を胸に、饅頭が入った包みを抱えて米沢町に帰った。


岩五郎は上機嫌で饅頭を受け取った。

「これはお駄賃や」

おふゆにひとつ渡すと、どこかに出かけた。

読売を買いに行ったのか、それとも、両国の見世物小屋を冷やかしに行ったのか。

顔の広い岩五郎のことだから、絵師仲間を訪ねたのかもしれない。

通いの弟子はみんな帰った。入門して間もない弟弟子は、国藤の部屋で手ほどきを受けている。

戸を開けると、部屋の中を風が通り抜けた。昼間よりも過ごしやすい。

おふゆは、再び「舌切り雀」の挿絵に取り組むことにした。

「舌切り雀」は、子どもから大人まで親しまれている草双紙だ。それだけに、挿絵を描くのは難しい。話の筋を知られているので、挿絵で読む者を引きつけねばならない。工夫が必要になる。

昼に描いた板下絵を手に取った。一枚ずつ、丁寧に検分する。出来の悪さに、ため息が出た。

雀がちっともかわいく見えない。おじいさんとおばあさんは、平べったくて面白味に欠ける。

江戸に出てきて五年。なかなか上達しないのは何故(なぜ)だろう。

近頃は、絵を描くことが苦痛に感じる。以前はそうではなかった。筆を持つことが楽しくてたまらなかったのに。

「どうすれば上手く描けるのかしら」

考えているうちに、岩五郎から言われたことが頭に浮かんだ。まずは、上手い人の真似をするのが大事だと話していた。

おふゆは工房の押入を開けた。そこには、岩五郎と弟弟子の私物のほかに、画帖（がちょう）や錦絵を収めた長持（ながもち）が入っている。師匠や弟子たちの習作だけではなく、摺師（すりし）に回さなかった板下絵も保管していた。急に挿絵が入り用になったときに、長持から取り出して板元に渡すこともある。

入門したばかりの弟弟子は、師匠の絵を見てしきりに感心していた。さらに尊敬の念を深めたらしく、熱心に手ほどきを乞うようになった。

「師匠、国銀さん、岩さん……」

おふゆは幾つかの画帖を取り出し、畳の上で広げた。一冊ずつ丹念に見て行くことにした。

弟弟子が感嘆したように、国藤が若い頃に描いていた画帖は素材が豊富だ。とても習作とは思えない。

国藤は、かつて「一寸法師」「かぐや姫」など草双紙の挿絵も手がけていた。画帖には、いくつもの図を編み出した跡が克明に残されている。

国藤の画帖をめくるうちに、おふゆの顔はほころんだ。

「なんてかわいらしい……」

お城に住むお姫様も、山を駆けるうさぎも表情が豊かだ。茂る草木はいきいきとして、命が宿っているようだ。絵の中に吸い込まれる。わたしもこういう絵を描けるようになりたい。

大勢の弟子たちが画帖をめくったのだろう。画帖の端は折れ、指の跡で黒ずんでいる。歳月を経ても、国藤の絵が古びない証だ。最良の手本として、弟子たちは国藤の画帖を求めている。

夏の日は長い。開け放した戸のそばなら、行燈をつけなくとも線が見える。

青い毛氈を広げ、傍らに半紙を重ねた。猿や熊、金魚や蜻蛉。じっくり画帖を見ながら、ひとつずつ細かいところまで写したい。

「まずは、師匠の絵から」

手元が暗くなるまで、おふゆは写し続けた。

四

日差しが西に傾き、蜩が鳴きはじめた。通りひとつ向こうにある武家屋敷から聞こえるのか。それとも、大川沿いの柳に留まったのか。その響きは、愁いを帯びてもの悲しい。

「あの鳴き声、苦手なんや。胸が苦しゅうなる」

岩五郎がぼやくと、工房がどっと沸いた。

「何を笑うとる。わしの切ない胸のうちがわからんのか」

おふゆもつられて笑い、おかげで気持ちがほぐれた。国藤に、描き上げた板下絵を見せる決心がついた。

「師匠、よろしいですか」

襖の向こうに声をかけた。

「入りなさい」

中に入ると、音がしないように閉めた。

国藤は、工房の隣の四畳を自分の部屋にしていた。棚には硯や絵皿がぎっしり並び、墨や顔料の匂いがする。質素で飾り気はないが、絵師らしい風情が漂っている。書き物をしていたらしく、文机には巻紙が広げてあった。漢字ばかりでおふゆには読めないが、達筆であることはわかる。

巻紙が乾いたことを確かめると、国藤は丸めて文箱の中に入れた。文机の上には、紺色の毛氈と硯だけがある。

「挿絵ができたか」

「はい」

板下絵を差し出した。

「お願いいたします」

全部で十枚。仕上げるのに三日かかった。

十枚目の挿絵には「冬女」という号を小さく入れた。国藤から授けられた号を書き込むと、得も言われぬ喜びが湧く。

「……ふむ」

国藤は挿絵を受け取った。

師匠の歌川国藤は五十代半ば。髷には白いものが多く混じり、顔には歳月を刻んだ皺がある。その眼差しは穏やかで、いつも低い声で静かに話す。弟子の数は少ないが、国藤の人柄を慕って入門した者ばかりだ。国藤から教えを受けるとき、弟子たちはみな畏まって拝聴する。

一連の挿絵を国藤はじっくり見定めた。決して、粗略な扱いはしない。毛氈の上に、見終わった絵をきちんと重ねる。

おふゆは身を固くして待った。しかし、十枚目の絵を見たあとに、国藤はきつく眉根を寄せた。

「これはどういうことだ」

国藤は詰問した。珍しく語調が強い。

「この媼は、儂が描いたものと似ておる。その上、葛籠から飛び出した化け物は、国銀が描いた妖怪にそっくりではないか。これでは、門下の寄せ集めだ」

おふゆは顔を赤くして恥じた。身の置きどころがない。

国藤は慧眼だ。「かぐや姫」の媼を描き写したことを見抜かれた。化け物は目と口を大きくして、違いをつけたつもりだったが看破された。

「真似をするなとは言わぬ。誰でも、最初は真似をするところから始める。だが、この絵はあまりにも節操がない。まるで寄せ木細工のようだ。お前の色がまったく見当たらぬ」

痛いところを突かれて、おふゆは首を垂れた。

国藤が言い当てた通りだ。師匠や兄弟子たちの絵から、「これは」と思うところを抜き出し、そのまま挿絵に活かそうとした。

「まだある」

国藤の追及は止まらない。

「お前の引く線が気に入らぬ」

おふゆは自らが描いた絵を見つめた。どこに落ち度があるのだろう。

「青く、がちがちに固まっておる。若さゆえ至らぬのは仕方ない。だが、瑞々しさを失ってはならぬ。縮こまってはいかん」

「……申し訳ありませんでした」

おふゆは畳に額をつけた。言い訳をしようもない。

「もうよい。頭を上げなさい。大方、岩五郎から何か吹き込まれたのだろう。上手い者の絵を盗めとでも言われたか」

愕然とした。国藤はすべてを見通していた。

「このような有様では、あまりにも道は遠い」

よかれと思ってしたことだったが、間違っていた。錦絵どころか、草双紙の挿絵すら認めてもらえない。今までの修業は何だったのか。

「国銀は、儂の模倣が上手い。入門した十五、十六の頃から、必死に線や色づかいを真似していたからだ。だがな、来る日も来る日も描き続けた末に、儂の絵をなぞることをやめた」

今日の国藤は珍しく饒舌だ。

「この夏、国銀の錦絵が江戸でもてはやされている。江戸の土産に丁度いいと、江戸詰めの武家や行商人が買うことも多いそうだ」

納涼にぴったりな「妖怪絵」が、津々浦々まで広がろうとしている。それは、今のおふゆには見えない光景だ。

「初歩の段階では、誰かの真似でも構わぬ。そもそも、学ぶとは、真似をすることから始まるしのう。その上、同じ門下にいれば、どうしても似てくる。それは仕方のないことだ」

許してもらえるのかと、一縷（いちる）の望みを抱いた。しかし、国藤は甘い気持ちを見逃さずに、厳しい口調でたしなめた。

「だが、そこに甘んじてはならぬ。そろそろ自分の絵を描いてもよい年だ。号がなくとも、これがお前の絵だと、世間に知らしめねばならぬ」

きっ、とおふゆは顔を上げた。

「教えてください。どうすれば絵が上手くなりますか」

それには答えず、国藤は立ち上がる。

「師匠っ」

国藤は、畳に手をついたままのおふゆを見据えた。

「儂が許すまで、冬女と名乗ることを禁じる」

顔から血の気が引いた。それは、一切の仕事をするなという意味だ。

「わたしは……どうすればいいのですか」

おふゆはうろたえた。これから、ただの「ふゆ」として過ごすのか。

「上達したいと願うのは悪いことではない。だがな、世に出たいとか、名を残したいとか、邪な欲はいかん。ましてや誰かを追い抜かそうなど、弟子の分際で考えるのはおこがましい」

おふゆは、背中を打たれたような痛みを感じた。

「お前が描きたいものは何だ」

「錦絵です」

問われて即答した。

「錦絵の何だ。美人絵に役者絵、武者絵に名所絵。錦絵と言っても、さまざまな絵があるのだぞ」

答えられずに、唇を震わせて下を向く。

「もう一度、尋ねる。お前が心から描きたいものは何だ。自分にしか描けぬと、胸を張れるものはないのか。それがわからぬなら、ここにいる意味はない」

師匠の国藤は何でも描けるが、とりわけ評判が高いのは花鳥画だ。しかも、肉筆画だから高値がつく。国銀は妖怪絵、岩五郎は武者絵で人気が出た。

師匠や兄弟子のあとを追うだけでは得られない、自らの内側からあふれ出たものを求められている。

「……おふゆ、基本に戻れ」

低い声が染み渡る。

「ここに来た日を覚えているか」

「はい。忘れたことはございません」

「儂は、お前に下働きをせよと命じた。女子（おなご）ならば、家のことを覚えておいて損はないからな」

だが、工房に出入りして絵皿や硯を洗うようになってからは、絵を描く弟子たちが気になって仕方なかった。乾いた絵皿を棚に並べながら、どんな絵を描いているのだろうと、弟子たちの手元を横目で見た。

国銀は、そんなおふゆが鬱陶（うっとう）しくなったようだ。

「そこでぼうっとしてるんじゃないよっ。あっちにお行きっ」

しまいには、犬のように追い払われた。

その様子を見かねたのだろう。ある日、国藤はおふゆに聞いた。

「絵が好きか」

おふゆは小さくうなずいた。

「ならば、描いてみるか」

目を見張り、国藤を見返した。そんなことが許されるのか。

素知らぬ顔をしながらも、工房で絵を描き続ける弟子たちが羨ましくてたまらなかった。自分も筆を持ちたい。白い紙に描いてみたい。国藤の目に、おふゆの気持ちは透けていた。

筆を差し出され、おずおずと手を伸ばして受け取った。硯には、墨がひたひたに満たされている。白い半紙がまばゆい。

何を描こうかと頭をひねったあとに、おふゆが選んだのは、工房に飾ってある菊の花だった。白い陶器の一輪挿しに活けてある。黄色い小ぶりの花と、先が尖った葉の青さに吸い寄せられた。

じっと見つめたあとに、一枚一枚、丁寧に花びらを描いた。一輪挿しのゆるやかな輪郭を描くときは、線が揺れないように息を止めた。

描き上げた絵を見て、国藤は唸った。

「どうやら、お前は筋がいいようだ」

国藤はさらに問うた。

「絵師になるか」

「はい」

おふゆは、はっきり答えた。

その頃はまだ、絵師になる厳しさを知らなかった。ただ、絵を描くことが好きで、絵師というものに憧れているだけだった。

「よいか、五年前の気持ちに戻るのだ。まずは、素直に物を見て、正直に描きなさい。次に、想いを込めながら、思うがままに描くのだ」

これが、おふゆの問いに対する答えだった。

「では、わたしは……」

目で縋るおふゆに、国藤は言い渡した。

「仕事は禁じる。だが、修業は続けなさい」

棚から一冊の画帖を取り、おふゆに渡すと部屋を出て行った。

「師匠、ありがとうございます」

真新しい画帖を捧げ持ち、頭を下げた。ここに留まることを許されて安堵した。

工房に戻ると、弟子たちはさっと顔を背けた。耳を澄ませて、国藤とのやり取りを聞いていたらしい。岩五郎すら、硬い顔をしている。

国銀がにやにや笑いながら言った。

「女弟子、ついに破門か」

国藤の門下に、女の弟子はほかにいない。どうせいつかやめると、憶測している弟子は多い。

中でも、国銀は露骨に嫌みを言って、おふゆを悩ませる。

「お稽古ごっこなんぞ、いつまで続くもんだか」

そのうち師匠は見限る。または、修業の辛さに音を上げ、早々に工房を出て行くに決まっている。

「どっちにしろ、破門さ」

聞こえるように、わざと口にする。そのたびに、おふゆは唇を引き結び、黙って耐えた。

破門されたら、居場所を失う。もとより、絵を描けなくなる。

おふゆは画帖と矢立を持って庭に出た。国銀には目もくれない。

障子戸を開けると、隣家の塀が見える。広くはないが、塀の内側には細長い空き地があり、おなみが庭の体裁を整えていた。横に長い庭を店先まで進むと、敷地と往来とを隔てる潜り戸がある。時折、岩五郎がここから抜け出して居酒屋へ行く。強くはないが、酒好きだ。

国藤の部屋と工房は庭に面しており、それぞれ縁台を置いていた。そこで涼んだり、絵を描いたりすることができる。あまり日当たりはよくないが、わずかな光を求めて、草花が芽を出し、根を伸ばす。

おなみは、菫のように日陰に強い草花を大切にした。蒲公英が花を咲かせると、綿毛になって、種が離れるまで見守った。

今は、朝顔の鉢を塀に沿って並べ、朝夕に手入れをしている。四季折々に咲く花は、国藤や弟子たちのいい画材になった。

破門を免れて、おふゆは命拾いをしたように感じた。しかし、安穏としているわけにはいかない。言われたことを胸に刻む。

——まずは、素直に物を見て、正直に描きなさい。

初心に戻るためにすべきこと。それは、誰かの絵を真似ることではなく、物をまっすぐ見て、正しく写すこと。

——次に、想いを込めながら、思うがままに描くのだ。

想いを込めて描くのは、その先にある。今の自分にはまだ遠い。はるか彼方の域なのだ。

おふゆは鉢のひとつに目を留めた。支柱に蔓をしなやかに巻きつけ、五つのつぼみをつけている。翌朝の開花を待つ空色のつぼみは健気でひそやかだ。

鉢の前にしゃがむと、土の匂いが濃くなった。矢立から筆を取り、じっくりと細くねじれたつぼみを見る。そして、慎重な手つきで画帖に写しはじめた。

ひとつひとつ丁寧に写し取る。根気強く続けているうちに、すべてのつぼみを描き終えた。次に、あおあおとした葉に目を移す。はっきり浮き出た筋も見える。

足が痺れるまで、おふゆは朝顔を描き写した。

五

その日は、夜明け前から雨が降っていた。こりゃあ助かる、涼しくなると、工房の弟子たちは言い合ったが、昼近くに雨が止んだら、たちまち暑さがぶり返した。誰もが暑い、暑いと袖をまくる。

すべての戸を開けて絵を描いていると、国藤宛てに荷物が届いた。

工房で弟子たちを指南していた国藤はおなみから荷物を受け取り、荷札をしげしげと眺めて言った。

「岩五郎の親御さんからではないか」

なんやてぇ、と岩五郎は素(す)っ頓狂(とんきょう)な声を上げた。弟子たちは国藤の手元に注目した。

「開けてみなさい。中に文(ふみ)が入っているかもしれぬ」

岩五郎はうやうやしく両手を差し出す。子どものような仕草だ。

荷物を受け取ると、岩五郎は大声で言った。

「なんや小さい箱やなあ。大したもん、入っとらんで。どうせなら、雀の葛籠くらい大きい箱で送ればええのに。ま、それはそれで、化け物が入っとるかもしれんな」

文句を言ったのは照れ隠しだ。口とは裏腹に、岩五郎は顔をゆるめている。

箱は手文庫ほどの大きさだが、厚みがある。油紙を解(ほど)き、さらに箱を包んでいた紙を取ると、墨で「宇治(うじ)」と書かれた蓋(ふた)が見えた。

その蓋を見て、国藤は感心したように言った。

「ほう。宇治のお茶とは」

あまり到来物に興味を示さないのに、珍しい。

「ほんまにお茶やろか。ただの砂かもしれんなあ」

戯(おど)けながら、岩五郎は箱の蓋を開けた。すると、工房のすみずみまで芳香が漂った。

弟子たちは一斉に息を吸い込む。どうやら、岩五郎の両親は奮発して銘茶を送ってきたらしい。

「これは申し訳ない。早速、礼状を書くことにしよう」

国藤はいそいそと自室に向かった。生真面目で筆まめ、早めに返事をしないと気が済まないのだ。

「わざわざ宇治から取り寄せて、堺にはええもんがないんかい。しかも、こんな小さい箱や。一杯ずつ飲んだら終わりやないか」

快活な口調に、どっと座が沸く。弟子たちは口々に実家の話を始めた。

「おとっつあんが酒飲みでなあ、おっかさんがよく泣いてた」

「おふくろ、元気にしてっかな。そろそろ顔を見に行くか」

親の愚痴を言う者あり、遠くに住む親を懐かしむ者あり。岩五郎を真ん中にして、故郷語りが始まった。

兄弟子たちの話を小耳にはさみながら、岩さんが朗らかで気さくなのはご両親がいい人だからだと、おふゆは思った。そして、卯の屋のおりんを頭に浮かべた。

——ずんだ餅こしらえたら、食べに来さい。

耳に残っているのは、母親と同じ語り口。自らは封印したからこそ、余計に懐かしくなる。

江戸で暮らすようになってから、おふゆは話し方を改めた。自分だけ言葉が違うと、気後れしてしゃべりにくい。岩五郎のように、堂々と話す度胸もない。

卯の屋の寅蔵は、おりんと同じ言葉を話さない。菓子屋で修業をしている間に覚えたのだろう。同じ店で修業する小僧同士、同じ物言いの方が親しくなりやすい。それは、幼い子どもなりの処世術だ。

楽しげな談笑に背を向け、おふゆは画帖と矢立を持って物干し台に上がった。今日もよく晴れている。ここから見えるものは、屋根と雲。お天道様は白くてまぶしい。竿(さお)にかかった浴衣(ゆかた)や手ぬぐいが風に翻る(ひるがえる)。布と布の隙間(すきま)から見えるものをひたすら描き続けた。

長く正座をしていたので、膝(ひざ)がすっかり痛くなった。

工房に下りると、岩五郎だけが残っていた。まだ武者絵を仕上げていない。おしゃべりに熱が入り過ぎたらしい。

畳の上には、反故(ほご)が散らばっている。反故は、まとめて紙屑(かみくず)買いに売る。岩五郎の邪魔をしないように拾っていたら、一枚の絵に目が留まった。

挿絵の板下絵ではない。鮮やかな色彩で、数人の男女が描かれている。

役者絵かしらと手を伸ばすと、

「これか」

おふゆよりも早く、岩五郎が拾い上げた。

「お茶の箱を包んどった錦絵や」

油紙の下に、もう一枚ほかの紙で箱を包んでいたことを思い出した。

「じっくり見てええよ」

「すみません」

受け取った絵を両手で伸ばす。皺は刻まれたままだが、人物の輪郭は損なわれていない。手に渡った絵に視線を落とし、そのまま目が離せなくなった。

「これは……」

物語の場面かしら。見えない熱気が絵から伝わる。

描かれていたのは、一人の僧侶と三人の尼。仏画だろうか。

少し考えて、おふゆは首を振った。いや、それにしては様子がおかしい。僧侶は、まるで役者のように見得を切っているではないか。尼たちは、その足元に臆面もなく縋っている。その生々しさは、静謐な仏画とはほど遠い。

おふゆは絵を見続けた。

引き込まれる。この絵には何かある。見極めたいのに、正体をつかめない。

「なんやと思う」

岩五郎は面白そうに笑っている。どうや、当てられるもんなら当ててみぃ。そう言いたいらしい。

「役者絵のように見えます。わたしは知らないのですが、こういう舞台があったのでしょうか」

登場するのは僧侶や尼など、仏門に関(かか)わる人物たち。芝居の一場面なら、このように感情を露(あら)わにした様子も納得できる。

「惜しいなあ。けど、いいところをついとる。ほな、教えてやるわ」

咳払(せきばら)いをしたあとに種明かしをした。

「これは死絵(しにえ)や」

「しにえ……」

「そうや。死ぬ絵って書くんやで」

なんて不気味な呼び名だろう。絵から手を放しそうになった。

「怖がらんでもええ。よう見てみぃ」

再び僧侶と三人の尼たちに目を向けた。

青く剃り上げた頭と袈裟から、僧侶であることはわかるが、顔は大きく、体格もいい。およそ僧侶らしからぬ生臭さが立ち込める。また、尼たちは、身を投げて泣き伏している。仏門の徒ではなく、役者を追いかけるご贔屓に見えてきた。

「……不思議な絵ですね。お芝居のようです。でも、この文字を役者絵で見かけることはありません」

余白に大きく書かれた「南無阿弥陀仏」を指さした。

「勘がええなあ。この絵の主役は僧侶や。実はな、ある有名な役者なんやで」

やっぱり役者絵ではないか。おふゆは首を傾ける。

「死絵はな、役者絵のひとつなんや。けど、よく見る役者絵とはちゃう」

「どう違うのですか」

「役者を描いとるんやけどな、その役者は生きてないんや。死絵はな、死んだ役者の姿を描いた絵なんや」

亡くなった役者を絵に残す。絵師は、どういう心持ちで描いたのだろう。

「それからな、死絵は『追善の絵』とも呼ばれとる。こっちの方が、柔らかい言い方やな」

「ついぜん……」

「亡くなった人を惜しむことや。役者に思い入れのあるご贔屓はぎょうさんおるやろ。絵師は、そういうご贔屓のために、死んだ役者を描くんやで」

もっとも、と岩五郎は肩をすくめた。

「板元は商売が大事やからな。どんな役者でも描くわけやない。人気があって、ご贔屓が必ず買うてくれる役者絵だけを売るんや」

死んだあともお金儲けの道具になるのか。役者とは酷いものだ。おふゆの胸がちくりと痛む。

「この絵には、今年亡くなった役者が描かれとる。四代目中村歌右衛門いうんやけど、知らんか」

「知りません」

かぶりを振った。江戸へ来てから、芝居を見たことはない。せいぜい、店頭に並ぶ役者絵を眺めるくらいだ。

「おかんが芝居好きでな。堺にいた頃、よう見に連れてってもろうたんや。せやから、ちっとは詳しいんや」

岩五郎は、四代目中村歌右衛門について話しはじめた。

今年の二月、大坂の舞台に出ていたが、千秋楽を待たずに急な病で亡くなった。大柄でありながら、俊敏な動きをする役者だった。「六歌仙」の舞台では六人の歌人のうち五役を演じ、華麗な早変わりを披露した。

また、細やかな仕草も上手く、女形も得手だった。「娘道成寺」の白拍子を可憐に演じて、拍手喝采を浴びた。

五十を過ぎても活躍していた役者の死。その急逝は、江戸でも上方でも惜しまれた。生まれは江戸だが、上方の舞台にも多く立ち、数多のご贔屓がいたからだ。

「江戸の板元も、四代目の死絵を売り出したんやけどな、ご贔屓が買い占めてしもうたから、あっという間に品切れや。死絵は、読売みたいなもんやからなあ。おふゆの目には留まらんかったやろう」

いろんな絵があったんやで、と岩五郎は指折り数えた。

駕籠をおりると、そこは三途の川で、先に亡くなった役者たちが出迎える絵。

横たわる四代目に犬や鬼までが泣きながら寄り添う涅槃図。

「平清盛に扮した大首絵は見事やったでえ。四代目は恰幅がよかったしな。最後の舞台やったし、当たり役やったわ」

そして、残念そうに言った。

「おふゆが興味を持つなら、買うておけばよかったわ」

「いいえ。この一枚で十分です」

もう一度、おふゆは死絵を見た。数珠の色、袈裟の模様。細かいところまで丹念に見比べる。

「ずいぶん気に入ったんやな。どこがそんなにいいんや」

「それは……」

自分でもわからない。迫力ある僧侶か、身をよじって嘆き悲しむ尼たちか。

「うまく言えません。わたしには学がないので」

もどかしさを悔しく思う。

「ええんや。うちらは絵師や。絵で表すのが仕事や」

せやけどな、と岩五郎は苦笑する。

「この絵に学ぶところがあるかどうかはわからんで」

「どうしてですか」

岩五郎は右端に描いてある文字を指さした。

「ここや、ここ。死んだ年が間違うとる。今年は嘉永(かえい)五年（一八五二）や」

絵には、嘉永四年と、去年の暦が書かれている。

「役者が死んだことを早く伝えなあかんから、いろんなところが抜け落ちるんや。役者の名前を間違うこともあるんやで」

絵師が粗忽なのか、急かす板元に罪があるのか。

「好きな役者を惜しみたいご贔屓にとって、死絵はお宝みたいなもんやと思う。けど、人の死に様なんて、それぞれ違うやろう。中には心中だの、自死だの、物騒な亡くなり方をする役者もおる。そういうのは厄介やで。怖いもの見たさで、悪摺を喜ぶ客もおるからな」

悪摺とは、露悪な摺物のことだ。役者の不都合なところを暴き立て、時には大げさに、あるいは嘘を混ぜて売る。板元は大儲けできればいい、客は好奇心を満たされればいい。

だが、書き立てられた役者はたまったものではない。さんざん魂を蹂躙され、草葉の陰で悔しがっているだろう。

「読み捨てやし、粗悪でつまらん絵が多いんやけどな。この死絵は線が生き生きしとるし、みんなええ顔しとる。何より、おもろい。さすが上方や」

得意げに胸を反らす。

四代目は、僧侶の姿をして腕を広げ、きりりと見得を切っていた。そばには、尼の姿をした女が三人。歌右衛門のご贔屓だったのか、泣きながら裾にしがみつく。

惜別を表しながらも、聖なるものを俗に仕立てる滑稽さがある。

「こんな絵、見たことありません……」

すみずみまで目を配る。すると、不意に生前の姿が浮かんだ。この役者の舞台を見たことがないのに。

両手が震えた。じっとりと額に汗が浮く。

物珍しさだけではない。畏怖(いふ)を払い除(の)け、禁忌とされる死を真っ向から取り上げたところに、描き手の強い意志を感じ取った。

――死絵、死者を描いた絵。

おっかさん……。

かつて描いた絵が思い出される。

しばらく呼吸を整えてから、記されている文字を目で追った。読めない漢字は多いが、それでも、おふゆは気づくことができた。

絵師の号がない。これだけ頓智(とんち)のある絵を描けるのだ。もしや、有名な絵師ではないか。号が記されていないのは勿体(もったい)ない。

「この絵を貸していただいてもよろしいですか」

「そんなに気に入ったんか」

「はい」

ひと目見て、図柄の面白さに興味を持った。けれど、死者を描く絵と知ってから、執着に似た気持ちが湧いた。

「貸すなんて、そんなけちなこと言わん。おふゆにくれてやるわ。死絵なんて、安いもんやしな」

岩五郎は豪快に笑った。

「ありがとうございます。大切にします」

喜ぶおふゆを見て、岩五郎は言った。

「ほんまに、絵が好きなんやな」

しみじみとした口調だった。

「はい。自分でも、どうしてこんなに好きなのかわかりません」

心を鷲づかみにされるような絵を見ると、おふゆは自分がどこにいるのかも忘れた。いつまでも、飽きることなく眺めた。

「今、師匠から仕事を止められとるな」

「……はい」

「すまんかった。わしがお節介をしたせいで」

「それは違います」

真似をするのは悪いことではないと、国藤は言っていた。師匠や兄弟子の絵をそのまま描いた自分がよくなかったと反省している。

「辛いか」

おふゆは黙った。辛いと言えば、岩五郎を責めることになる。

「辛いやろな……」

岩五郎の顔に笑みはない。心から同情している。

「でもな、師匠は立派なお方や。ええか、師匠を恨んではあかんで。考えがあって、おふゆから仕事を取り上げたんやからな」

「はい」

おふゆはうなずき、岩五郎に聞いた。

「岩さんが錦絵を初めて描いたのはいつですか」

「わしが描いたのは……」

目を天井に向け、指を折る。

「十八や。江戸に来て二年が過ぎた頃やから」

「そんなに早かったんですか……」

次の正月が来たら、おふゆは十八になる。そのとき、錦絵を描く許しを得られるだろうか。自信はない。

「国銀はんもそのくらいや。せやけど、妖怪絵が当たるまで十年かかっとる」

十年。おふゆは項垂れた。自分はまだ半分だ。

「国銀はんは大きな店の次男坊でな、ほんまは銀次郎いうんやけど、もう捨てた名前やと話しとった。いっぺん、弟子が呼んだら、えらい勢いで怒ったで」

激しい剣幕が目に見える。さぞかし、弟弟子は震え上がっただろう。

「兄貴の世話にはならんと縁を切って、国銀はんは長屋で一人暮らしをしとるんや。本気で絵の修業に取り組むのはええけどな、気持ちが強すぎて、おふゆに八つ当たりするのはあかんな」

おふゆは表情を曇らせた。

「……わたしは、絵が上手くならないことの方が辛いです」

お稽古ごっこ。国銀に揶揄されても、笑い飛ばせない。

岩五郎は気の毒そうに言った。

「おふゆ、焦ったらあかん。一枚ずつ描いて、一歩ずつ進むしかないんや」

その励ましは、おふゆの胸にすとんと落ちた。まったくその通りだ。焦っても前には進めない。足がもつれて、転ぶのがせいぜいだ。

「わたし、どうしても錦絵を描きたいんです。それに、後から入ってきた弟子に追い越されたくなくて……。だけど、焦るのはやめます。誰かと比べるのも」

「それさえわかってればええ。自信を持つのは難しいけどな。これでも、わしはおふゆに一目置いとるんやで」

わたしのどこに。にわかには信じられない。

岩五郎が描く武者はたくましく、絵の中で動いて見えるほどその線は闊達だ。こっそり真似してみたが、同じ線は描けなかった。貧相で、弱々しい武者になった。

師匠が指摘したのは、ここかもしれない。自分の身の内にないものを描こうとしても、満足できる絵にはならない。身も心も頑強な岩五郎だからこそ、勇ましい武者を描けるのだ。

「師匠やないから、えらそうなことは言えんけどな。これだけは言える。おふゆは、ええ目を持っとる」

「目、ですか」

「そうや。見る目がある。死絵に目をつけるなんざ、おふゆらしいで」

「……そうでしょうか」

「おふゆは、若いのに苦労したやろ。けど、だからこそ描けるものがあると、わしは思う」

わたしだから描けるもの。それは何だろう。

その答えこそ、今の自分が求めて止まないものだ。

「案外、死絵はおふゆに近いもんかもしれんな」

岩五郎は、感慨深げに言った。

第二章 新風

一

昼餉のあとに、おふゆは台所で茶碗を洗っていた。

夏は洗い物が苦にならない。ひんやりした水が気持ちいい。心地よさを感じながら、茶碗や小皿を次々と洗う。

最後のひとつを洗い終えたときに、

「お、お客さんやで」

岩五郎に呼ばれた。店番をしていたら、おふゆを訪ねて客が来たらしい。

「はい、すぐ行きます」

茶碗を流しに置いて振り向きつつ、おふゆは不審に思った。

自分を訪ねてきた客って誰かしら。思い当たる節がない。卯の屋のおりんか、寅蔵だろうか。……まさか、市之進ではないだろう。

それに、岩五郎の態度がおかしい。顔を赤くして口ごもっている。口から生まれたみたいに、いつも滑らかに口が回るのに。

「は、早うっ」

歯切れの悪さを妙に感じながら、前掛けを外して店に向かう。しかし、店先に立つ客を見て、気持ちが浮き立った。

「お京さんじゃないですか。お久しぶりです」

客は、艶然と微笑んだ。白い肌には紅が映え、深紫の絽が似合う。

「おふゆちゃん、達者そうだね。何よりだよ」

岩五郎は、しきりと二人を見比べた。

「こっ……しっ……」

この方はどなたで、師匠に取り次がなくてよいのかと言いたいようだ。声は上ずり、額も耳も赤い。

そういうことか。笑いを嚙み殺しながら、岩五郎に紹介した。

「こちらはお芝居の座長さんで、お京さんとおっしゃいます。子どもの頃、わたしがお世話になった方です」

お京は真顔になり、すっと背筋を伸ばした。

「ちっぽけな旅芸人一座をまとめております、女座長の京と申します。以後、どうぞお見知りおきを」

ゆっくりと一礼する。芝居の一場面のように堂々とした仕草に、岩五郎は圧倒されたらしい。

「どっ、どうも……」

頭を掻きながらお辞儀をした。名乗ることも忘れ、ろくに挨拶もできない。汗が顎から滴り落ちた。

その様子を見て、おふゆは吹き出しそうになった。必死に堪えて、今度は岩五郎を紹介する。

「お京さん、こちらは兄弟子の岩五郎さんです。普段はこんな風じゃないんですよ。きれいな女の人を見ると、こうなっちゃうんです」

岩五郎は誰にでも気さくに声をかけ、場を盛り上げるのがとても上手い。だが、美人にはめっぽう弱かった。目と目が合っただけでも、首まで赤くなる。すべての意識が目に集中して、口が利けなくなる。

美人絵を描くために美貌が評判の芸妓を招いたとき、岩五郎は緊張のあまり鼻血を出した。

「もう、こりごりや。わしは二度と描かん。人前であんなに恥をかいたのは生まれて初めてや」

以来、美人絵を遠ざけている。筋肉が盛り上がり、勇ましい面構えの武者ばかりを描き続ける。

「ふふっ、光栄だねえ、こんなおばあちゃんにさ」

四十を過ぎているが、お京は若々しい。あでやかな笑みを浮かべ、お京は流し目を送った。岩五郎の顔がどす黒くなる。

「師匠もご存知の方ですから、わたしが師匠にお取り次ぎいたします。どうぞお二人でお話をしていてください」

ちょっぴりからかったら、岩五郎は目を泳がせた。

「い、いや……」

逃げるように奥へと駆け込んだ。お京と二人だけにしたら、卒倒してしまいそうだ。

堪えきれずに、おふゆは笑い出した。お京の表情も明るい。

「おやおや。取って食ったりしないのにねえ」

かわいい人だよ、と言った。

お京は国藤の部屋に通された。おふゆも同席することを許され、襖に近いところに座った。障子戸を開け放しているので、部屋の中に風が通る。縁台には、濃い桃色の松葉菊の鉢が置いてあった。国藤が絵を描いていたのだろう。

お京が入った途端に、文机と棚しかない部屋が色めき立つ。お京は、豪奢な雰囲気を身にまとい、そこに端座しているだけで、部屋の中が華やいだ。

国藤はお京を覚えていた。おなみがお茶を出して下がると、

「その節は、弟子がご面倒をおかけしました」

礼を言って、頭を低くした。

「とんでもない。おふゆちゃんが元気そうで、あたしも骨を折った甲斐がありましたよ」

ひと口お茶をすすり、

「おや、これは」

手の中の湯呑みを見つめた。

「香りもよければ、味もいい。僭越ながら、宇治の産ですね」

国藤は「ほう」と目を見張った。後ろに控えるおふゆも、お京がお茶の産地を言い当てたことに驚いた。おなみが出したのは、岩五郎の実家から送られてきたお茶だ。

「ご馳走になりながら失礼なことを申しました。商売柄、各地を廻っていますので、その土地土地のおいしいものを多少は知っているつもりなんですよ。……ただ、安心いたしました」

お京は翡翠色のお茶を見つめた。

「弟子の客に銘品のお茶を淹れてくださるお方です。日頃から、弟子を大切にしていらっしゃるのでしょう」

心服したように言った。

住み込み先で、おふゆがどのような境遇に置かれているのか、お京は気にかけていた。元気な姿を見ただけでは、不安を拭いきれない。だが、一杯のお茶で平素の暮らしを見通した。

その心遣いをおふゆは有難く思う。

「師匠、おふゆちゃんと二人で話をさせていただいてもよろしいですか」

おふゆは動揺した。絵師見習いが客人を迎え、師匠の家でもてなすなど聞いたことがない。だが、国藤は鷹揚にうなずいた。

「お京さんはご恩のあるお方だ。ゆっくりしていただきなさい」

即座に、おふゆは額を畳にすりつけた。

二人は、縁台に並んで腰をおろした。

塀に沿って、ずらりと並ぶのは朝顔の鉢。庭の隅では、ひと叢の撫子が桃色の花を咲かせている。

仕事が終わり、通いの弟子は帰った。住み込みの弟弟子は、表の店番をしている。岩五郎はどこかへ行ったらしい。お京の気配すら恥ずかしいようだ。

国藤は二階の部屋で休んでいる。話を聞かれる心配はない。くつろいでお京と向き合える。

「かわいい花だねえ。あたしも撫子は大好きだよ。おかみさんが丹精してるのかい」

撫子に目をやりながら、お京が言った。

「はい。この前、おかみさんが花売りから買って植え替えました。ここが、いちばん長く日が当たるからって」

「まめなお方だねえ」

つくづくと感心した。

しばらく庭先を眺めてから、

「あれからどうやって過ごしているのか、ずっと気になってたんだけどね。こんなに遅くなっちまったよ」

申し訳なさそうに言った。

「いいえ、そんなこと」

こうして訪ねてくれただけでも、どんなに嬉しいことか。それに、旅から旅へと、あちこちを歩く生業だ。危ういことに巻き込まれる不安もある。だからこそ、こうして再会できたことは大きな喜びだ。

「それにしたって、文も遣らず、放り出したままだった。どうか、情のないあたしを許しておくれ」

おふゆは、黙って首を振った。たとえ文のやり取りを望まれても、難しい字は読めない。届くたびに、岩五郎か誰かに読んでもらうことになる。それを見越して、お京は文を出さなかったのかもしれない。おふゆの昔を知っているから。

蚊遣りの煙があたりに流れる。薄い煙が二人を包み、お京は団扇でそっと扇いだ。

日が傾いて、湿り気を孕んだ風が吹きはじめた。その冷ややかさは仙台を思い出させる。

緑が生い茂り、清らかな川が流れるところ。貧しくとも、不幸せだと感じたことはなかった。江戸に来てからも、決して忘れない。

「そうそう、あの子も元気だよ。覚えてるかい、あたしの息子を。実はね、あの子に用があって江戸まで来たのさ」

市之進の話が出たので、おふゆの顔がほんのり熱くなった。

「おや、どうしたんだい。顔が真っ赤だよ」

「いえ、その……」

お京の目敏さに口ごもる。

「ひょっとして、あの子が江戸にいることを知ってたのかい」

「はい。この前も……」

お使いに行く途中に、市之進とばったり会ったことを話した。ただし、矢助という役者が、市之進に悪態をついたことは伏せた。不穏な捨て台詞が気にかかる。

「へえ、あたしは何も聞いてなかったよ。いつから二人で会ってたのさ」

「いいえ。しょっちゅう会っているわけではありません」

芝居の興行中は、二月も三月も会えない。しかも、おふゆは絵師の修業をしながら、家事を手伝っている身だ。市之進が千秋楽を迎えても、好き勝手に家を空けることはできない。

季節ごとに一度か、二度。偶然会えることを頼みにしている。

「それは悠長な話だねえ。まるで、七夕の織姫と彦星じゃないか。ちっとも知らなかったよ」

おふゆの鼓動が速くなる。こっそりと、二人だけの秘密を抱えていたように思えた。

「江戸に来て一年経った頃です。お使いで、卯の屋という茶屋までお菓子を買いに行ったら、市之進さんがいたので驚きました」

それを聞いて、お京は目を細めた。

「あの子は甘い物が大好きだからねえ。それなら、市之進が、今は何をしているのか知ってるんだね」

「はい。浅草の芝居小屋で、役者の修業をしていると……」

お京はくっくと笑った。

「やだねえ、あの子ったら。おふゆちゃんのことを文に書いて寄越したことは一度もないよ。きっと、照れくさかったんだね。すっかり娘さんらしくなったから」

案外うぶだよ、とお京は言った。

「おふゆちゃんと話していたら、いろんなことを思い出したよ」

「はい」

「いいところだったねえ」

「はい……」

うなずきつつも、ちりりと胸の奥が痛む。

おふゆにとって、故郷は懐かしいだけのところではない。魂がちぎれそうなほどに切なく、悲しい思い出を残した土地だ。

二

おふゆは江戸より北の国、仙台で育った。

母親のおもとは、旅籠「たけ屋」の住み込み女中として働いていた。父親はいない。赤ん坊の頃に死んだと聞かされた。

たけ屋は、名湯として知られる秋保温泉にあり、街道を西に向かうと立石寺に至る。松尾芭蕉が句を残した寺として名高く、足跡を訪ねて旅する客もいた。

故郷を思い起こしたときに蘇るのは、飯を炊く匂い、湯殿に響く桶の音、忙しげに廊下を歩く女中たち。その中に混じって、おふゆも下働きをした。両手をつき、腰を上げて廊下の雑巾がけをすると、真冬でも、たちまち足の裏が熱くなった。

寺子屋には一年しか通っていない。ひらがなと少しの漢字しか読めず、遊び相手もいなかったが、つまらないと思ったことはない。

「おふゆちゃん、疲れたべ。昼飯が済んだら休んでいいよ」

女中に言われると、すぐに旅籠の裏庭に向かった。

裏庭には薪が積んである。地面には、割り損ねた木の切れ端や、焚き付けに集めた枝が転がっていた。建物の陰になっていて、日当たりは悪いが、滅多に人は来ない。握りやすい棒をつかむと、しゃがんで絵を描いた。

犬や猫、烏や雀。蝶々や、四季折々に咲く花。うまく描けなかったら、足で消して描き直す。たくさん描いているうちに、やがて犬は犬らしく、猫は猫らしくなった。上手く描ければ、誰に褒められなくても満足した。棒っきれだけが、おふゆの遊び道具だった。

ただ、一度だけ、絵を描いてはいけないのかと思ったことがある。

あの日は、夢中になって絵を描いていた。

「おふゆっ、こっだところにいて」

自分を咎める声に、おふゆは立ち上がった。それでも、右手は棒を放さない。

「忙しいのに、何して……」

叱られるのかと、首を縮めた。しかし、おもとは黙り込んだ。その顔を見て、おふゆは不安になった。とても悲しそうな顔をしていたからだ。

「……ご、ごめん」

おろおろして謝ったが、おもとは答えない。視線を落として、おふゆが描いた市松(いちまつ)人形の絵を見つめている。

「もう、やんねえから……」

怠(なま)け者だと思われただろうか。働きもしないで、遊んでばかりいると。

「……そろそろ飯炊きだ」

おもとが背を向けたので、おふゆは急いで地面の絵を消した。市松人形の顔を草履(ぞうり)で消すときは心が痛んだ。愛らしい顔をしていたから。旅籠の帳場に飾ってあるのを、いつも遠くから見ていた。

しばらくの間、おふゆは裏庭に行かないようにした。おもとの悲しげな顔を思い出すと、心がぎゅっと縮んだ。

けれど、半月も辛抱することができなかった。ぽかんと暇ができると、心の奥がうずうずして棒っきれを持ちたくなった。我慢できずにこっそり裏庭に向かい、地面にしゃがんで花の絵を描いたときは、息を吹き返したように感じた。

「見つかんねえようにしねえと……」

母親のおもとは働き者だ。朝から晩まで忙しそうに立ち働いていたが、おふゆがじっと見つめていることに気づくと、こっちを見てかすかな笑みを浮かべた。快活に声を上げることはなかったが、微笑んでいるだけで嬉しくなった。

悲しげな顔を見たのは、あの日だけだ。

「おっかさんの、ああいう顔は見たくねえもの」

二度と、母親を困らせまい。おふゆは健気(けなげ)に振る舞う子どもだった。

雪が溶けて、土筆(つくし)が出てくると、おふゆの気持ちはそわそわした。

「まだかな……」

玄関の前を箒(ほうき)で掃(は)きながら、遠くの音に耳を澄ませた。

待ち望んでいたのは、おふゆだけではない。ある日、前触れもなく腕も足も太い男たちが、荷車をがらり、がらりと引いてやってくる。その音を聞きつけると、秋保の人たちは浮き足だった。

「今年も来た来たっ」

「芝居の日が楽しみだんべ」

誰もが、旅芸人一座の「清川座(きよかわざ)」を歓迎した。

一座の先頭を歩くお京は三味線(しゃみせん)を抱え、編み笠(がさ)をかぶっていた。笠の下から、紅を引いた唇がちらりと見える。その口の端は上がっており、お京がうっすら笑っていることがわかった。

「秋保の皆様、今年もお世話になりまする」

声高に挨拶をして、べべんと撥(ばち)で弦を弾(はじ)く。軽やかな三味線の音に、大きな歓声が上がった。

おふゆも、街道まで芸人一座の行列を見に行ったことがある。帰ってから、おもとにたしなめられたが。

清川座は、たけ屋の常連客だった。泊まっていることが伝わると、近隣から人が押し寄せた。垣根に鈴なりになって、宿の中をじろじろと見回した。

とりわけ関心が寄せられたのは、清川座を率いる女座長だ。渡り廊下を歩いただけで、どよめきが湧(わ)く。

「ほお。あれが女座長か」

「ずいぶん、べっぴんだな」

亡くなった夫の跡を継ぎ、芸人たちをまとめていた。

市之進は清川座の看板役者で、お京の一人息子だった。まだ二十歳(はたち)くらいだったが、その頃の市之進は「座頭(ざがしら)」と呼ばれていた。

座頭とは一座の重鎮であり、人気も実力もある役者が務める。市之進は、亡き父親から華のある芸を受け継いだと言われていた。そして、その容貌は、母親のお京から譲り受けた。

座頭と目が合った老婆は両手を合わせた。

「いい冥土の土産ができた。ありがてえ、ありがてえ」

嬉し涙を浮かべた。

おふゆもまた、座頭を見ると頭がぽーっとなった。

　目は、小刀で裂いたように切れ長だが、その瞳は黒々として澄んでいた。顔は面長で、鼻は高く、すっきりとしている。薄い唇をいつも引き締めていたが、おふゆと目が合うと、ゆるやかに口の端を上げた。優しげに目を細めた座頭は、この世の誰よりきれいな人に思えた。

だから、たけ屋で働けることを幸いに思っていた。ずっと泊まってもらいたくて、熱心に掃除をした。この廊下をあの人が歩くんだ。足が汚れたらいけない。ぴかぴかに磨こう。それは、おふゆの張り合いとなった。

おふゆが雑巾がけをしていたときに、いきなり声をかけられたことがある。

「小せえのに、えらいじゃねえか」

顔を上げると、それが座頭だったので、おふゆは仰天した。脛(すね)を剝(む)き出しにしていたことが恥ずかしく、正座をして脚を隠した。

「おふゆちゃん、だったよな」

「はい」

さらに驚く。その容貌から、お京と座頭は「神様がこしらえた母子(おやこ)」と呼ばれている。名前を覚えてもらったことすら、恐れ多い。

「手を出しな。よく働くご褒美だぜ」

座頭は懐(ふところ)に手を入れると、油紙で包んだ小さくて丸いものを差し出した。

「んでも……」

おふゆは遠慮した。お客様から何かもらってはいけないと、厳しく言われている。

「黙ってりゃわからねえよ。これは、俺(おれ)とおふゆちゃんの秘密だ」

声をひそめて言うと、にいっと口を横に広げて笑った。真っ白な歯が見える。

こわごわと手を伸ばし、おふゆは丸いものを受け取った。

「……ありがとうごぜえます」

おふゆが礼を言うと、座頭は軽やかな足取りで立ち去った。

あたりに誰もいないことを確かめてから、油紙を開いてみた。中には、飴玉(あめだま)がひとつ入っていた。お天道様の光を集めたような色をしている。鼻を近づけると、いい香りがした。

食べてしまうのがもったいなくて、しばらく懐に入れていた。時折、こっそり油紙を開き、まん丸な飴を眺めて顔をほころばせた。けれど、表面が溶けてきたので、思い切って口に入れた。甘くて、とてもおいしい。

「顔がきれいなだけじゃねえ。あったかくて、いい人だ」

座頭に話しかけられたことを思い出し、飴を舐（な）めながらどきどきした。

清川座の芝居は花道もなく、簡素な造りの小屋を組み立てて行われる。寺の境内（けいだい）を借りるので、宮地（みやち）芝居とも呼ばれていた。ただし、雨が降れば休みになる。天候に左右される不安定な興行だ。

だが、幕を開けると、寺の境内は大勢の客で埋まった。中には、木に登って芝居を見ようとした者もいた。住職から叱られて、早々に下りたが。

おふゆも、清川座の舞台を見たことがある。行っておいでと主人夫婦に勧められ、おもとと一緒に出かけたのだ。

芝居を見る日は、朝からわくわくした。

「人が多いから、離れるんでねえよ」

おもとに手を引かれながら、弾む足取りで寺に向かった。大人も子どももたくさんいて、境内は混み合っている。

「お祭りみてえだな」

芝居が始まるのを待つ間、興奮してあたりを見回した。

演目は「助六所縁江戸桜(すけろくゆかりのえどざくら)」。山深い里にも遅い春が訪れ、川の土手や寺の境内で、桜が見頃を迎えている。今の季節にふさわしい。桜を飾った花道はなくとも、生きている花が芝居を後押しする。

座頭は、主役の助六を演じた。舞台の裾から、すぼめた傘で顔を隠した助六が登場すると、境内は盛大な拍手に包まれた。

傘を開いて高々と掲げ、強い目力で見得(みえ)を切る。目尻(めじり)を上げた隈取り(くまど)、引き締まった口と高い鼻梁(びりょう)。助六の凛々(りり)しさに驚き、おふゆは息を呑む。いつもかっこいいけど、もっと、もっとかっこいい。

黒い着物に、朱の襦袢(じゅばん)。頭には、紫色の鉢巻きを締めている。助六は、吉原(よしわら)の遊女からも想いを寄せられる江戸一番の色男だ。

「この鉢巻は過ぎし頃、由縁(ゆかり)の筋の紫の……」

ろうろうと、天まで響く声に聞き惚(ほ)れる。「おふゆちゃん」と、優しく呼びかけた声とはまったく違う。ぴんと張り詰めた声は力強い。

威勢がよくて、素早い身ごなしは鉄火な心意気の表れ。座頭が扮する助六は、粋で洗練されている。助六が大股で床几に座り、白い脛が露わになると、客席は大いに沸いた。

境内を埋め尽くした客は、助六が歩いたり、走ったりするたびに顔を向けた。誰もが、座頭が演じる助六に魅了された。

おふゆも夢中になり、片時も目を離せなかった。お天道様の下に立つ姿は、降り注ぐ光を一身に浴びているように見えた。おふゆは精一杯に背伸びをして、助六に扮した座頭を目で追った。

ひたすら追い続けていたら、座頭と目が合ったように感じた。

「まさか、そんなこと」

気のせいだと思ったが、にっと座頭は目を細めて笑った。びっくりして右手で口を覆ったら、座頭も同じように手を当て、そのまま足を踏み鳴らすと、大きく見得を切った。境内に、ひときわ大きな歓声が沸く。

——気づいたんだ。おらが見に来たこと。

また、二人だけの秘密ができたとおふゆは思った。

旅芸人は、旅から旅へと流れ歩くのが常のこと。滞在するのは、ほんのいっとき。

わかっていても、おふゆは別れの日が辛(つら)かった。

清川座が秋保を発(た)つ日は、大勢の人が別れを惜しんだ。たけ屋の主人は座頭の手を握り、

「来年もまた来てけさい」

頭を垂れて頼んでいた。

出立の朝、おふゆの胸は悲しみでいっぱいになった。けれど、「行かねえで」とは言えない。顔を見ると泣きそうになるので、表の賑(にぎ)わいに背を向け、台所で箱膳(はこぜん)を拭(ふ)いていた。

お客様に出す箱膳は、常につやを保っていなければいけない。傷をつけないように、慎重に磨き上げる。

黙々と、柔らかい布で拭いていたら、

「こんなところにいたのかい」

座頭が台所に顔を出したので、おふゆは困ってしまった。泣き顔にならないように、口元に力を込める。

「おふゆちゃんがいねえから、気になってな。ご主人を振り切って、ここまで捜しにきたってわけさ」

にやっと笑った。

「……すみません。お見送りもしねえで」

挨拶しなかったことを咎(とが)められるのかと、おふゆは肩をすぼめた。

「いや、そんなの構わねえよ。ただ、最後に顔を見てえなあと思ってさ」

腰を落とし、おふゆと目線を合わせると、笑みを浮かべたまま言った。

「おふゆちゃんは、おっかさんと二人っきりなんだろう」

「はい……」

「俺も同じだ。親父(おやじ)がいねえ。十になった年、病で死んだ」

座頭に父親がいないことは聞いていた。けれど、わずか十歳で亡くしていたことは知らなかった。

「いきなりおふくろと二人になっちまって、心細くなったことを覚えてる。……いいかい、おふゆちゃん」

まっすぐにおふゆの目を見つめる。微笑は絶やさない。

「辛抱してりゃあ、報われる。お天道様は見ていなさるんだ。次の春も、また来るからな。それまで達者に暮らすんだぜ」

泣くまいと堪えていたが、うなずくと同時に涙があふれた。着物の袂で拭っても、あとからあとから流れ出る。

座頭はおふゆの頭を軽く撫で、「またな」と台所を出て行った。

仙台を思い起こすと、光に満ちた景色がまぶたに浮かぶ。

冬にはふっさりと雪が積もり、春にはいっせいに花が開く。待ちわびた分だけ、明るい日差しが嬉しく感じられた。夏には涼風が吹きわたり、秋には紅葉で彩られる。どの季節も、恵み豊かで美しい。

たけ屋の主人夫婦は老いていたが、気難しいところはひとつもなく、母子を邪険にすることはなかった。古参の女中も、何かと世話を焼いてくれた。

こんな毎日がいつまでも続けばいい。そう願っていたが、長年の無理がたたったのだろう、母親が倒れた。もうじき年が明ける厳寒の頃だった。

「……おっかさん」

おふゆは、枕元で顔を寄せた。

母親のおもとは、薄い布団に横たわったまま眉間に皺を寄せ、苦しげに息を吐いていた。

病にかかってから、母子は三畳の布団部屋で寝ている。女中部屋より静かだろうと、主人が取り計らった。部屋は北向きで、昼間も薄暗い。夜着を重ねているが、おもとに寒さを訴える力はなかった。

光が当たる部屋で寝かせてあげたい。お客様が泊まるような、明るい部屋に。

おふゆは幾度もそう思った。だが、望みが叶わないことは知っていた。病人がいると知られたら、客足が遠のく。悪い噂は広まり、たけ屋に暗い影を落とす。

夜は枕元に座り、温くなった手ぬぐいを冷やして、おもとの額にのせることしかできなかった。

働く合間に、おふゆは祈った。

「おっかさんを治してけさい」

必ず治ると信じて、祈り続けた。

おふゆの辛い気持ちを察していたのだろう。

「なんて酷いんだべ。母一人、子一人なのに」

粥を持ってきたおかみは、目に手ぬぐいを押し当てた。病にかかっても、母子を追い出そうとはしなかった。その温情が身に染みて、いっそう、おふゆはくるくると働いた。

しかし、おふゆの祈りは届かなかった。

雲はなく、月がこうこうと光る寒い夜だった。その晩、今にも母親を失うのではないかと気が気ではなく、おふゆは眠らずに、じっと様子を見守っていた。

板の隙間（すきま）から差し込む月明かりは、おもとの顔を青く照らす。浅く、短い呼吸はぜいぜいと忙しげで、吐く息は熱風のようだ。

額に手をあてる。熱い。日なたの石みたいだ。

「……おふゆ」

弱々しい声だった。

「なんだい、おっかさん」

おもとの口に耳をあてた。熱い息が耳にかかる。

「おめの、おとっつあんは……絵を描いてた」

頭の中が混乱した。父親の素性を何も知らなかったからだ。

「……江戸さ行げ、兄弟子んとこ」

さらに、おもとは力を振り絞る。

「兄弟子は……」

細い声で名前を告げると、がっくりと力尽きたように頭が揺れ、枕から落ちそうになった。

「おっかさんっ」

大声で呼び、ずれた頭を戻した。

おふゆは、おもとの口に手をかざし、まだ息があることを確かめた。おもとに言われたことが頭の中を駆け巡る。おら、いやだと首を大きく横に振る。

「江戸には行かねえ。おっかさんと、ここにいる」

呼びかけたが、まぶたは動かず、苦しげに眉(まゆ)を寄せたままだ。

桶の水で手ぬぐいを濯(すす)ぎ、おもとの額にのせようとして、おふゆの手が止まった。おもとは微(かす)かに呻(うめ)き、細い息を吐き出した。

「どうしたんだい」

青白い部屋の中で、おもとの顔が浮かび上がる。おふゆは目を懲らして、その表情を見守った。呼吸は細く、きれぎれだ。

不意に音が止み、息が途切れた。その刹那(せつな)、おもとの眉間が開いた。重苦しい沈黙が立ち込める。

「おっかさん」

唇に触れた。もう、息をしていない。間際まで苦しみ悶(もだ)えていたが、今はかすかに笑っている。

一瞬にして安寧に変わった表情は、おふゆの脳裏に深く刻まれた。

「お、おっか……」

強く揺さぶった。微笑を浮かべたまま、おもとはぴくりとも動かない。

「死んじまった……」

喉元(のどもと)に熱い塊がせり上がる。

「……うっ、うう」

朝が来るまで、おふゆは枕元で泣き続けた。

知らせを聞いて、古参の女中が枕元に駆けつけた。おもとの頰(ほお)に触れ、その冷たさを確かめると、大粒の涙をこぼした。

「んだから、あれほど無理すんなって言ったんだ……」

そして、おもとの顔をつくづくと見た。

「きれいで安らかな死に顔だ。生きてたときの分も眠ってるみてえだ」

おもとは、骨惜しみをしない働き者だった。元気に働いている間、おふゆは母親の寝顔を見たことがなかった。

横たわる顔に、苦渋は浮かんでいない。穏やかに、こんこんと眠り続けている。

一切の憂いがない世へ旅立ったのだ。


春が来ても、おふゆの心が晴れることはなかった。

花見客が増えて、日々の仕事に追われている間は気を紛らわせることができた。しかし、ぽっかり暇ができると、寂しさに襲われた。

もうひとつ、気持ちをざわめかせるものがある。

――おめの、おとっつあんは……絵を描いてた。

母親が最期に遺(のこ)した言葉を忘れることができない。

おとっつあんは死んだとだけ、聞かされていた。詳しいことは何も教えてもらえなかったが、旅籠で働いていたのだろうとおふゆは思っていた。

絵を描いてたって、どういうことなのか。

たけ屋には、いろいろな客が泊まる。仙台や最上(もがみ)で商売をする行商人や、物見遊山(ものみゆさん)の旅人ばかりではない。中には、絵を描き、句を詠(よ)む文人もいた。

高名な文人だったのか、たけ屋の主人が「是非に」と頼んで、絵を添えた句を掛け軸に書いてもらったことがある。達磨(だるま)の絵と、おふゆには読めない漢字だらけだったが、主人はとても有り難がり、正月には箱から出して帳場に飾っている。

父親も、そういう絵を描いていたのだろうか。

たけ屋の主人夫婦は、おもとが亡くなったあとも何かと気遣ってくれた。

――……江戸さ行げ、兄弟子んとこ。

亡くなる間際のことを打ち明けたら、二人は顔を見合わせ、表情を曇らせた。

「なんで、そんなこと言ったんだべ」

「一人で行けるはずねえのに」

口々に無理だと言った。

おふゆは十二になったばかり。いきなり江戸に行けと言われても、為(な)す術(すべ)がない。

江戸は遠く、道も知らない。

「嫁に行くまで、ここで働けばいい」

「んだ。おふゆちゃんがいると助かるもの」

頼りになるのは、主人夫婦の情けだけ。

母親が遺したものは重い。けれど、決めるべきことを先送りにして、おふゆは日々を過ごしていた。

昼餉の片付けが済んだあとに、おふゆは裏庭で絵を描いていた。

こういうひとときが苦手だ。切なさが募り、自分の心を持て余す。空を飛ぶ鳥、葉っぱについていた天道虫。寂しさを紛らわせるために、目についたものを片っ端から描き連ねる。

目の端を、黒い何かが通り過ぎた。見れば、黒猫の親子だった。身体(からだ)は小さいが、子猫は親猫とそっくりだ。どちらもぴんと尻尾(しっぽ)を立て、たけ屋の敷地を横切って行く。猫を見送ったおふゆの胸に、おもとの顔が浮かんだ。

おふゆは、母親に似ていないと言われながら育った。母親は瓜実顔(うりざねがお)で、糸のように細い目をしていたが、おふゆは丸顔で黒目が大きい。どうやら父親に似たらしいが、おふゆは顔を知らない。

母親似でないことを悲しく思っていたら、ある日、おもとに言われた。

――おとっつあんに似た娘は、大きくなったら幸せになる。

そんなことがあるのかと、おふゆは半信半疑だった。でも、おもとは微笑みながら繰り返した。

――嘘(うそ)じゃねえよ。おっかさんは、そういう娘さんをたくさん見たもの。

ただの迷信かもしれないが、おもとの気持ちは嬉しかった。おっかさんは、おらが幸せになることを願ってるんだ。

以来、似ていないことを気にするのはやめた。まったく似ていなくても、おっかさんは、おらだけのおっかさんだもの。

「おっかさん……」

会いたい、顔を見たい。でも、できないときはどうすればいいんだろう。

項垂れると、描いたばかりの絵が目に入った。足元には、たくさんの鳥や虫が散らばっている。さっきの黒猫を描こうとして、ふと思案した。

「おっかさんを描いてみっか」

いいことを思いついた。絵を描けば、いつでもおっかさんに会える。どんな顔にしようかと、おふゆは考えた。

「……おっかさんの目は細くて」

顔の輪郭や目鼻立ちを思い出していると、長い影が差し、手元が暗くなった。

「へえ。上手いじゃないか」

頭の上で声がした。

お客様に見咎められたのかと、急いで立ち上がる。ぼんやり遊んでいるところを見られたら、怠け者の女中がいると思われてしまう。

声をかけたのはお京だった。いつも、裏庭に一座の荷車を置く。道具か何かを取りに来たのだろう。

「ずいぶんたくさん描いたんだねえ。おや、これは烏だろう。そっくりだから、すぐにわかった」

お京は、おふゆの足元を眺めている。その真剣な眼差しが怖くて、おふゆの顔は硬くなった。

「ここで、よく絵を描いてるのかい」

「……はい」

決まり悪くなって、描いた絵を足で消そうとした。ところが、お京は「お待ち」と言って止めた。

「あんた、紙に描いたことはあるかい」

おふゆが首を横に振ると、お京は手招きした。

「おいで。あたしの部屋には紙も矢立もある」

「んでも……」

おふゆは怯えた。

食事の支度でもないのに、お客様の部屋に入ったら叱られる。日頃は温厚な主人だが、女中たちの躾には厳しく、無作法な振る舞いを見逃すことはない。

「ご主人には、あとでうまく言い繕ってあげる。さあ、来るんだよ」

お客様に逆らう方がよくないかもしれない。

咄嗟に頭を巡らせると、お京のあとをついて行った。


部屋に入るなり、おふゆはついて来たことを後悔した。座頭が一人、部屋の隅で煙管をくゆらせていたからだ。

少し前から、清川座の一行が泊まっていたことは知っていた。けれど、母親を失い、気落ちしているところを見られたくなくて、おふゆはできるだけ顔を合わせないようにした。

特に、座頭には会いたくなかった。

――辛抱してりゃあ、報われる。お天道様は見ていなさるんだ。

微笑みながら励ましてくれたのに、めそめそしていたら合わせる顔がない。

座頭と会わないように、廊下を歩くときは下を向いてそそくさと歩き、台所の洗い物や庭の掃除など、目立たない仕事を引き受けていた。

おふゆが部屋の中に入っても、座頭は何も言わなかった。その顔には、何の表情も浮かんでいない。ぼんやりして、心ここにあらずのようだ。

「さ、ここで描いてごらん」

お京は、畳の上に赤い毛氈を敷いた。その上に半紙と矢立を置く。

おふゆの心は一枚の半紙に捉えられた。まっさらで、何も描かれていない。白い半紙と筆とを何度も見比べる。

「遠慮しなくていいよ。さっきみたいに、のびのびと描いてごらん」

座頭の前で恥をかきたくない。おふゆの心は揺れ動く。

けれど、上手いと言われたことは嬉しかった。これまで、誰かに褒められたことはない。

描こう。

覚悟を決めて、毛氈の前に座った。

——おっかさんの目は細くて……。

筆を執ろうとして、はたと気づいた。目や口、鼻の形を思い出すだけでは足りない。どんな表情を描こう。笑っているのか、それとも澄ましているのか。

しばし、頭をひねる。

おふゆの母親は、いつも忙しそうだった。朝から晩まで、ほかの女中が心配するほど掃除や片付けを引き受けていた。真一文字に口を結び、必死に働く姿しか思い浮かばない。

幸せだったのだろうか。おふゆは気になった。働くばかりで、頼れる身内もなく、辛いことばかりだったのではないか。

一度だけ見た悲しげな顔。あれは、呼ばれていることにも気づかずに、裏庭で絵を描いていたときに見た。あの顔を思い出すと、胸の奥がきゅうっと痛くなる。

ああいう顔は描きたくねえ。

それなら、どんな顔を。

ふと、亡くなる間際の顔が浮かんだ。荒い息を吐き、苦しそうに顔をゆがめていたが、呼吸が止まると眉間が開き、安らかになった。

あの顔は、前にも見たことがある。仕事をしている間でも、おふゆを見かけたら、ほのかな笑みを浮かべてくれた。おふゆに向けられた優しい顔が、何よりも好きだった。

描きてえ、大好きだったおっかさんの顔を描きてえ。

優しくて、あったかくて、いい匂いがして。

おふゆは筆を持った。

細くて長い目と、口の端を上げた唇を描くときは細心の注意を払った。髪は黒く塗ったが、額の生え際は白い部分を残して白髪にした。

「……これでいいべか」

棒っきれで描くのとはまったく違う。白い紙に、墨の線がくっきり浮かぶ。稚拙で、たどたどしい線。主人夫婦が飾る、達磨の絵とはほど遠い。

だが、初めて紙の上に絵を描いたことは、おふゆに大きな喜びをもたらした。

おっかさん、笑ってる。

「ふうん。立派なもんだねえ」

描き上げた絵を見て、お京は感心したように言った。

「あんた、大きくなったら絵師になるのかい」

「えし……」

「おや、知らないのかい。絵を描く人だよ。絵を描いて売って、お金をこしらえる人を絵師って言うのさ」

おふゆの胸がどきんと跳ねた。

おとっつあんは絵師だったのだろうか。達磨の絵を描いた人のように、絵を描いて売りながら暮らしていたのか。

　黙り込んだおふゆに、お京はさらに問いかけた。

「おっかさんが亡くなったんだろう。これからどうやって生きていくんだい」

「ご主人は、嫁に行くまでここにいろって言ったけんど……」

　おふゆは正直に話した。自分ではどうすることもできない難問を抱えたまま、ずしりと重たくなった胸の内を誰かに聞いてほしかった。

　おとっつあんは絵を描く人だったこと。

　江戸へ行って、兄弟子を頼れと言われたこと。

　けれど、一人で行けるはずがないから困っている。

「おら、わがんね……」

　おふゆが下を向くと、お京はきっぱりと言った。

「あたしが江戸に連れて行ってやるよ」

　おふゆは、弾かれたように顔を上げた。ちらりと座頭に目を向ける。目が合うと、座頭は煙管をくわえたままうなずいた。ともに江戸へ行くことを承知したという意味らしい。

　座頭はにこりともしない。平素とは違う様子に、おふゆは戸惑った。

「ちょうどいい。これから江戸に向かうんだ。何も遠慮することはないよ」

「けんど……」

江戸までの道中は長いのだろう。子どもの足で歩けるのか。

お京さんも座頭もいい人だけど、足手まといになったら、嫌な顔をされるかもしれない。それは、おふゆにとって悲しいことだ。座頭には嫌われたくない。

しかし、

「絵の修業をするなら江戸が一番さ。あんたなら、いい絵を描ける」

心を鷲（わし）づかみにされた。

江戸に行こう。必死に歩こう。決心した。

「よろしくお願いします」

深々と頭を下げた。


仙台を旅立ったのは、山桜が満開の頃だった。江戸はもっと暖かいと聞いている。すでに桜は散っているだろう。

主人夫婦は案じながら見送ってくれた。不安はあるが、おふゆは小さな望みを持っていた。江戸へ行けば、父親の影をつかめるのではないか。顔も知らない父親のことを知りたい。母親を喪った今、自分に繋がる唯一の人だから。

清川座の一行は、奥州街道をゆっくりと南下した。大道具や小屋の骨組みをのせた荷車は、がらがらと大きな音を立てて前に進む。

宿泊するのは、旅籠ばかりではなかった。自炊をする木賃宿や、住職を失った寺に泊まることもあった。

「驚いたかい。あたしらにとって、たけ屋は極上のお宿だったんだよ」

そう言って、お京はくつくつと笑った。

江戸までは遠いが、芸人たちはこまめにおふゆの面倒を見た。嫌そうな素振りを見せたことはない。

とりわけ座頭は優しかった。

「足が痛くなったら言うんだぜ。荷車に乗せてやるからな」

懸命に歩くおふゆを思いやり、そっと囁いた。

座頭に気遣われると、胸が高鳴った。そして、座頭の横顔をそっと見つめた。正面から顔を見る勇気はなかった。

あの日、煙管をくわえてぼんやりしていたのは、きっと具合が悪かったんだ。いつもの座頭に戻って安心した。

江戸に着くと、お京は兄弟子の住居を探すように芸人たちに命じた。歌川国藤。それが、いまわの際におもとが遺した兄弟子の号だ。著名な絵師になっていたから、探しやすかったのだろう。国藤が米沢町に住んでいることを、芸人の一人が突き止めた。

「さあて。これから一世一代の仕事が待ってるよ。舞台に立つより緊張するねえ」

地味な濃茶の着物に着替えると、お京は米沢町を目指した。

お京に手を引かれ、不安な面持ちでおふゆは江戸市中を歩いた。背中には、小さな風呂敷包みがひとつ。ほかには何も持っていない。

甘い匂いを振りまく汁粉屋。玉や珊瑚の簪を扱う小間物屋。立ち寄る娘たちは皆、おしゃれでおしゃべりだ。忙しげな棒手振り。威勢がいいのは魚屋と青物屋。何もかもが目まぐるしい。

騒々しく行き交う人と物とに、おふゆは怖じ気づいた。早くも江戸に来たことを後悔したが、ある店の前で足が止まった。

「……うわあ」

そこは地本問屋だった。軒下に、店の棚に、夥しい数の絵が飾ってある。たくさんの笄を髪に挿した女、派手な隈取りをほどこした男。どうどうと音が聞こえてきそうな滝、旅人の背後にそびえる高い山。

藍、紅、紫、翠。色という色が店からあふれ出る。色の洪水に呑み込まれてしまいそうだ。

立ち止まったおふゆをお京が振り返る。

「ああ、ここが気になったのかい。この店はね、錦絵を売るところだよ」

「にしきえ」

「そう。美しいだろう」

口を半開きにして、おふゆは錦絵を見た。すっかり魅入られ、胸の中で繰り返す。

にしきえ、にしきえ……。

「おら、こっだにきれいなもん、見たことねえ」

秋保の川と花と空を、いっぺんに集めたようだ。

「そりゃあ、よかった。これから訪ねる師匠も、こういう絵を描いてるんだよ」

ええっ、とびっくりして大声が出た。その声に、通りすがりの大工が振り返る。

「ほんとに」

「ああ、本当さ。あんたも、こんな錦絵をすぐに描けるようになるよ。楽しみだねえ」

江戸に来た不安が薄れた。こんな絵を描けたら、どんなに嬉しく、幸せだろう。

おふゆはお京の手を握り返した。

三

巡り合わせとは、なんて不思議なものだろう。

お京がいなければ、江戸に来ることも、こうして絵師の修業をすることもできなかった。

日は暮れかかり、薄闇(うすやみ)が漂っている。そろそろ行燈(あんどん)に明かりを入れる頃合いだ。撫子の花に目を向けながら、お京が言った。

「……江戸に来たのは五年ぶりさ。市之進が話してなかったかい。江戸で興行をしたときに、あの子の芸が先代の目に留まってね、養子になって三代目を継ぐことになったんだよ」

お京は淡々とした口調で話した。だが、おふゆの胸は、切り込まれるような痛みを感じた。親一人、子一人の間柄だ。苦渋の決断だったに違いない。

「もっと早く江戸に来たかったけど、清川座の立て直しに時を費やしちまってねえ。思ったより、市之進が脱(ぬ)けた穴は大きかった」

市之進は、替えの利かない役者だったのだ。

「一座の中から、座頭にふさわしい役者を見つけるだけでも一苦労だった。一人一人の芸を見極めないといけないし、何より、人としての器が大きくなきゃいけない」

苦い笑みが口に浮かぶ。

「演目にも苦労したよ。小粒な芸人たちを出すことで、賑わいを出せるような演目にした。『分福茶釜』とかさ」

子狸をたくさん出して乗り切った、と笑った。その演目は成功したのだろう。口元の苦みが消えた。

「……大変だったんですね」

そう言うだけで精一杯だった。どれだけの苦心があったのか。軽々しく労いの言葉をかけることはためらわれる。

「ふふっ、負けてられないからね。あの子も頑張ってるんだ、母親のあたしが挫けてどうするんだい。何より、亭主が始めた清川座を失いたくなかったし」

ただの意地だよ、と言った。

「役者の道は厳しいんだ。何より、血筋が重んじられるところだからね。よそから入った役者は、いい顔をされないのさ」

おふゆと顔を合わせたとき、市之進はいつも軽やかに笑っていた。陰では、悔しい思いをしていたのかもしれないが、そんな素振りは微塵も見せなかった。

「どれだけ芸が優れていても、新参は大部屋役者から始める。それは仕方がないことだ。けど、市之進はそれだけじゃなかった」

お京の顔に陰りが差した。

「先代の養子になったことで、ほかの役者から嫉妬されちまったんだ。役者同士は、互いの立ち位置にうるさいからね。本当に嫌になる。人の世で、妬みほど怖いものはないよ。やがて恨みに転じるんだ」

やはり、おふゆの不安は杞憂ではなかった。

——てめえを恨んでる連中は山ほどいるんだっ。そいつらに声をかけたら、てめえなんざ、たちまち奈落の底だっ。

矢助が吐いた台詞には、暗い憎悪が潜んでいる。

「市之進が旅芸人一座の出自だってことを嗤う役者もいる。まったく腹が立つ話さ。旅芸人の何が悪いんだい。芝居が好きでも、江戸や上方まで見に行けない人は大勢いるんだよ。そういう人たちのために、あたしらがいるんじゃないか」

清川座はひとときの夢を届けている。自らの足で、国々を回りながら。

「……ごめんよ。久しぶりに会ったのに、つまらない話を聞かせちまった」

小さく頭を下げた。

「歯を食い縛って修業を続けていれば、必ず見ていてくださる方がいらっしゃる。ほんの端役の頃から、市之進に目をかけてくれた方がいてね、少しずつ舞台に立つことが増えてきた。そうして、今度の夏興行で主役に選ばれたんだ。三代目富沢市之進の大舞台だよ」

「市之進さんが主役を……」

おふゆは感極まり、両手を重ねて胸に当てた。

「あたしの亡くなった亭主は、いつか大きな舞台の看板役者になるんだって、大それた夢を持っていた。市之進は、自分の父親が志半ばで死んだことを知ってたのさ」

お京は口を閉じた。言わなくとも、おふゆには伝わった。市之進は、死んだ父親の願いを背負うと決めたのだ。

「あたしは信じてたよ。五年間、この日が来るのをずっと楽しみにしていた。ああ、初日が待たれるねえ」

寂しくなかったのだろうか。問いかけて、やめた。そんな意気地なしに見えるのかい。そう言って、笑うに決まっている。

「そうそう、忘れてた。あのね、おふゆちゃん。今日はお誘いに来たんだよ」

「何でしょう」

お誘い。見当もつかない。

「あたしと芝居を見に行かないかい」

唐突に言われて面食らう。

「わたしは……」

下を向き、膝(ひざ)の上で拳(こぶし)を握った。

「江戸の大舞台で、市之進が主役を張るんだよ。その晴れ姿を見たいと思わないかい。秋保でやった芝居より、豪勢で華やかだろうねえ」

しきりにお京は誘う。だが、おふゆはうつむいたまま答えた。

「無理です。舞台を見ることはできません……」

国藤から挿絵描きを止められ、木戸銭を払う余裕がない。巾着(きんちゃく)の中に小銭はあるが、団子の一皿、二皿がせいぜいだ。

断られても、お京は顔色を変えない。

「それは残念だねえ。まあ、またの機会があるさ」

あっさりと引いた。そして、さりげなく話を変えた。

「元気に暮らしているようだけど、修業は辛くないのかい」

「はい」

力強くうなずいた。

「そうかい……」

しばらく思案してから、お京は口を開いた。

「実はね、あんたのおっかさんはずいぶん案じていたんだよ。おふゆちゃんが秋保にいた頃の話だけどね。あたしは、おもとさんを何度も裏庭で見かけてた」

「裏庭で……」

どきりとした。おふゆが絵を描いていた場所だ。

「あたしとおもとさんはね、たまに裏庭で立ち話をしていたんだ。荷車を置かせてもらっていたし、おもとさんはよく薪を取りに来たからね、ちょくちょく顔を合わせていたのさ。一座の芸人は気のいい連中だけど、何しろ男ばかりだろう」

話し相手に飢えてたのさ、とお京は苦笑した。

「お互い、亭主を亡くしていたし、わかり合えることは多かった。おもとさんとおしゃべりをするひとときは、とても楽しいものだったたよ」

お京の話を聞いて、温かいものが胸の中に広がった。

おっかさんは働きっぱなしじゃなかった。わずかなひとときでも、ほっと安らげる楽しみがあった。口数は少ない方だったけど、おっかさんも、お京さんと話をすることを心待ちにしていただろう。

「あの日も、おもとさんがいることを期待して、あたしは裏庭に行ってみた。そうしたら、おもとさんはあんたが描いた絵をじっと見ていた。その思い詰めた顔が気になってね、どうしたんだいって声をかけたんだよ」

不安になった。おっかさんは何て言ったんだろう。

「おもとさんは、あたしにこう聞いた。この絵は上手いのかって。だから、あたしはすぐに答えたよ。器用に描いたもんだね、上手だよって」

その場に自分がいたように、おふゆは恥じ入った。あの頃は、今よりもっと稚拙だったのに。

「ところが、おもとさんはこう言ったんだ」

――どうすればいいんだべ……。

「……おっかさんは、わたしが絵を描くのを喜んでいなかったんですか」

幼い頃、裏庭で絵を描いていたのを見つかったとき、おもとはとても悲しそうな顔をした。

「仙台にいた頃、わたしの遊び道具は棒っきれだけでした」

　お京は耳を澄ませている。うんうんと相槌を打ちながら。

「絵を描くのをやめればよかったのでしょうか」

　虫が鳴きはじめた。鉢の陰に潜んでいるらしい。遠慮するような鳴き方だったが、少しずつ音が大きくなる。

「……あんたは、小さいのによく働いてたね」

　お京の声が、虫の音に重なる。夜が近い。

「無口で、大人しくて、懸命に働く子。身を粉にして働くのは、おっかさんを助けるためだったんだろう」

　自分が怠けていたら、母親が悪く言われるに違いない。おふゆは、常に母親を案じながら働いた。

「一人でぽつんとしているときは無表情で、何の喜びも持ってない子だと、あたしは思ってた。でも、そうじゃなかったんだね。あんたは、絵を描く楽しみを持っていた。いいことじゃないか」

　でもね、と続ける。お京の声に力が入る。

「おっかさんが心配していた気持ちもわかる。あんたのおとっつあんが絵師だったのなら、尚更だ。女が絵師の道を志すことがどれだけ大変か、おっかさんはよく知っていたんだよ。……でも、終いには観念したんだろう」

「どうしてですか」

「おふゆちゃんの絵があんまり見事だからさ。親が言い聞かせても無理だ、こういうことは、本人に任せるしかない。運がよければ、ご縁があれば、きっと誰かが導いてくれる。そう考えたんだよ」

だから、江戸へ行け、兄弟子を頼れと言い残した。

「……あたしはね、あの日の思い詰めた顔が忘れられないんだよ。旅芸人のあたしに漏らすくらいだから、よほど不安に思っていたんだろうね。けど、今のおふゆちゃんを見れば安心するよ。いいや。どこかで見ていて、喜んでいるかもしれないねえ」

「おっかさんがどこかで……」

「ああ、そうだよ。亡くなっても、絵を描くあんたをおもとさんは見ているよ。そうして、いつまでも見守ってるんだ」

ここにはいないけれど、どこかにいる。

おふゆは空を見上げた。屋根に遮られて、細い空がある。夕暮れ時が迫っている。西の方から茜色に染まってきた。

今のわたしを見たら、おっかさんはどんな顔をするだろう。お京さんが言ったように、どこかで見ていてくれるなら、晴れ晴れと笑っていてほしい。

「つい、長話になっちまった」

お京はすっくと立ち上がる。

「市之進が文に書いてたよ。そろそろずんだ餅が食いてえなあって。おいしそうな枝豆が出回ってきたし、明日あたり食べられるかもしれないよ」

会えるかしら、市之進さんに。おふゆの頬に血の気が差す。

「あの子に会えたら、よろしく言っとくれ」

お京は、笑みを残して立ち去った。

四

粘り着くような暑さが江戸市中を覆っている。今日も、涼風を期待することはできそうにない。この熱暑はいつまで続くのだろう。おふゆは手ぬぐいで汗を拭きながら、小走りで卯の屋に向かっていた。

夕べから、おふゆはひとつのことに囚われていた。

市之進が、お京への文に書いていたこと。それは、卯の屋でずんだ餅を食べたいというささやかな望み。

今日行けば、会えるかもしれない。お京が言ったことを心頼みにしている。

考えはじめたら、落ち着かなくなった。おなみから買い物を頼まれたとき、卯の屋に立ち寄ることを願い出た。難なく承諾を得られて、ほっとした。

卯の屋に行くと、おりんも寅蔵も、温かくおふゆを迎えてくれた。

「いらっしゃい。んだども、まだずんだ餅の用意はできてねえんだ。本当に済まねえ。もうちっと待ってけさい」

おりんは申し訳なさそうに言った。

「今年から寅蔵がこしらえるんだ。けど、旦那みてえな味が出ねえから困ってんだ」

饅頭（まんじゅう）や団子は作っていたが、ずんだ餅は初めてだ。おりんが納得する味でなければ、店には出さない。味が落ちたら、客の期待を裏切ることになる。

「悪いな、おふゆちゃん」

おりんの隣で、寅蔵は眉を下げている。心から申し訳なさそうだ。

「いいんですよ。お団子ひと皿、お願いします」

握りしめてきた四文銭をおりんに渡した。おふゆの汗で湿っている。

「寅蔵、団子一丁。餡（あん）は多めで」

へいっ、と寅蔵は暖簾（のれん）の向こうに消えた。

床几に腰をおろし、往来をぼんやり眺めながら団子を食べていたら、市之進を見つけた。白昼の街中で、市之進の全身が浮き出て見える。

どうやら、市之進も気づいたようだ。おふゆに笑みを向ける。遠目で漆黒に見えた着物は、濃紺の縞（しま）だった。

おふゆは急いで団子を食べ切り、お茶を飲んだ。口の周りを丹念に手ぬぐいで拭く。胸を高鳴らせていると、一人の女が市之進に駆け寄ってきた。

女は、髷（まげ）を島田（しまだ）くずしに結っている。料亭勤めの粋筋（いきすじ）かもしれない。海松茶（みるちゃ）に芥子（からし）色の縦縞は、女を細身に見せている。

ぴったりと身体（からだ）を寄せて話しかける女に、市之進は苦笑いを浮かべて、一言二言、返している。やがて、何度も頭を下げながら女を振り切り、足早に向かってきた。

口を尖（とが）らせる女と目が合った。三十前の、中年増（ちゅうどしま）と言われる年頃だ。華やかな顔立ちだが、きつい眼差しを向けている。気性の激しさが伝わり、おふゆは当惑した。

未練がましく市之進の背中を見つめていたが、とうとう諦（あきら）めて、女は踵（きびす）を返した。その足取りは荒々しく、内心の憤懣（ふんまん）が表れていた。

「よう、元気だったかい」

どっかりと、市之進はおふゆの隣に座った。肘が触れそうになり、おふゆの心が大きく跳ねた。

しかし遠ざかる女が気にかかる。遠慮しながら市之進に聞いた。

「あの、いいんですか。お知り合いの方みたいでしたが」

女は、浅草橋を渡ろうとしている。市之進は屈託のない様子で言った。

「おふゆちゃんは何も気にするこたあねえよ。さっきの人は、芝居茶屋の女将さんなんだ。どこかで一服しないかと誘われたんだが、商売筋の人と噂になるわけにはいかねえからな。やんわりとお断りしたってところさ」

仕事に関係のある人なら無下にできない。おふゆは納得し、市之進が誘いを断ったことに安堵した。縋りつく女を見たとき、ざわざわと胸が騒いだ。

「それより、いよいよ夏興行が始まるんだ。忙しくなっちまうからずんだ餅を食いに来たんだけど、今日はおあずけかい。残念だなあ。ずんだ餅が待ち遠しいぜ」

俺も団子にするか、とおりんに一皿頼んだ。

団子が運ばれてくると、市之進はがぶりと食いついた。餡がたっぷりついている。飲み下したあとに、うめえ、と満足そうに言った。

「俺は下戸でね、酒は受けつけねえから、甘いもんの方がいいんだ。おふゆちゃんもそうだろう」

「はい」

「やっぱり。昔、俺が飴玉をやったら、喜んでたな」

子どもの頃のことを覚えていてくれた。じわりと胸が熱くなる。

「そんとき、甘いもんが好きなんだなって思ったのさ」

市之進が言ったことは半分だけ当たっている。

たしかに、おふゆは甘い物が大好きだ。けれど、喜んだのは、それが理由ではない。

「今でも甘いもんが好きみてえだな。よしっ、次に会ったときのために、また飴玉を買っておいてやろう」

市之進さんったら。ふふふ、と思わず笑ってしまった。

「わたし、もう子どもじゃないんですよ」

そう言うと、市之進は虚を突かれたような顔をした。

「たしかになあ。今のおふゆちゃんなら、櫛(くし)や簪の方が喜ぶかもしれねえな。そうだ。今度、小間物屋で買ってやる。どんなのがいいんだ」

市之進が身を乗り出したので、おふゆは慌てて言った。

「そんなもの、市之進さんに買っていただくわけにはいきません」

「遠慮するなって。俺とおふゆちゃんの仲じゃねえか。役に当たったおかげで、ちっとは実入りがいいんだぜ」

そして、市之進は目を細めた。機嫌のいい証だ。こういう表情をすると、ますますお京に似てくる。

「時が経つのは早えや。あの頃は小せえ子どもだったのに、すっかりいい娘さんになっちまった」

まぶしいものを見つめるような目をした。市之進の眼差しが恥ずかしく、おふゆは視線を逸らした。

「昨日、お京さんがご挨拶に来てくださったんですよ」

「そりゃよかったな。おふくろはさぞかし喜んだだろう」

「市之進さんのこと、聞きました。主役をやるそうですね。おめでとうございます」

「いや、なあに。ありがとよ。ちぇっ、おふくろのやつ。俺の口から言いたかったのによう」

市之進は照れくさそうに笑った。

「おふゆちゃん、知ってるかい、『東海道四谷怪談』。お岩さんの話だ」

「はい、知ってます。怖いお話ですよね」

「夏興行で、その芝居をやる。俺の役は民谷伊右衛門だ」

　市之進の口調が熱くなる。

「東海道四谷怪談」。作者は四代目鶴屋南北。文政八年（一八二五）七月、中村座で初めて上演された。

　伊右衛門はお岩の夫であり、見目麗しいが、非道な男として描かれている。しかし、代々「色悪」の伊右衛門を演じるのは、芝居小屋の看板役者と決まっていた。

「芝居小屋の頭取が推してくれたんだ。四谷怪談の伊右衛門をやれるのは、三代目市之進しかいないってさ」

「……すごい」

　感嘆の声が漏れた。

　夏は芝居の興行が難しい。小屋の中には熱気が籠もるので、客足が途絶えがちだ。また、演じる側にも苦行になる。暑さで動きが悪くなり、汗で化粧が剝がれ落ちる。

　そのために、夏は大物役者たちが出番を控えたり、休みを取ったりする。その穴を埋めようと、興行主は下っ端の役者を起用する。木戸銭が安くなったり、ご贔屓から軽んじられたりするが、何も興行しないわけにはいかない。

だが、日頃は脚光を浴びることのない役者たちにとって、大きな契機となる。夏興行で評判を取り、一気に看板役者に近づくこともできる。

この夏、怪談物の大作が上演されるとあれば、多くの客が関心を持ち、江戸市中で口の端に上る。市之進が伊右衛門を完璧に演じきれば、さらにいい役が舞い込むに違いない。

「しかも、俺の工夫を頭取は認めてくれたんだ」

喜びを隠しきれない様子で言う。

「その舞台で大仕掛けをするんだが、役者はみんな反対した。そんな危ねえことはやめろって。でも、頭取だけは味方をしてくれた。そいつは面白い、是非やってみろってな」

市之進は乗り気だが、おふゆは心配になった。役者が危ぶむような大仕掛けって、何だろう。

「あの、大仕掛けって、どういうことをするんですか」

おふゆが尋ねると、

「それを明かすわけにはいかねえなあ」

市之進は焦らすように言った。

「でも、ま、おふゆちゃんのためなら、ちっとばかり種明かしをしてやるか」

　市之進は顔を寄せた。吐息が頬にかかり、おふゆの胸はときめいた。

「大詰めの幕で、俺は天井まで上がって斬り合いをするんだ」

　明かされても、その絵が思い浮かばない。梯子を使って上がるのかしら。

「暴れ回るのは舞台の右と左ばかりじゃねえんだ。二階の桟敷からよく見えるように、天井まで飛んで斬り合うのさ。そうだな、さながら空中合戦ってところだ」

　そして、にっと笑って口を閉じた。これ以上は言えないらしい。わけがわからないけれど、もう尋ねることはしなかった。

「高いところまで飛ぶなんて、怖くないんですか」

「もちろん怖いさ。足場がねえところで芝居をするんだし」

　そんなところで芝居を。おふゆの不安はさらに募る。

「でもな、怖いなら、よりいっそう稽古をして、自分を鍛えるしかねえんだ。何度も何度も同じ稽古をして、己の身体に刻みつけりゃあ、怖いと思う気持ちを打ち負かせる。役者は身体だけじゃねえんだ。心の修業も大事ってことさ」

　足場がない。だからこそ、身体と心の芯を鍛える。己だけが頼りだ。

　おふゆはそっと市之進を見た。目がいきいきしている。危ないと案じても、止めることはできない。

「芝居ってえのは面白えぜ。舞台の上なら、俺は大店の若旦那にも、お武家様にも、天狗にも仏様にもなれるんだ。もっともっと芸を磨いて、俺はどんな役も演じられる役者になる」

ええ、とおふゆは大きくうなずいた。

「絶対に叶えられますよ、市之進さんなら」

秋保で見た清川座の芝居「助六」が思い出される。

稀に見る色男でありながら、その姿は、凜として爽やかだった。市之進が舞台に立つと、すべての客が釘付けになった。歯切れのよい台詞はよく通り、誰もがうっとり聞き惚れた。

「俺は、舞台に立つのが好きだ。どれだけ緊張していても、舞台に立つと、熱い塊がぱーんと弾けるんだ」

その気持ちはよくわかる。筆を持ったとき、おふゆの心は一気に高まる。世の中からすべての音が消えてしまうほど集中して打ち込む。

市之進と分かり合えたことが、おふゆには嬉しかった。道は違っても、志を掲げて生きる人がそばにいる。それは、大きな励みになる。

「おふゆちゃんはどうでえ。近頃、どんなもんを描いてるんだい」

　問われて、首を垂れた。

「……わたしはまだまだです」

　昂揚した心が押しつぶされる。

「いつまで経っても、満足な絵を描けません。わたしは下っ端のままです。そのうち、弟弟子に追い越されるかもしれません」

　しかも、「冬女」と名乗ることすら禁じられている。まったく仕事をさせてもらえていない。画帖に花や猫の絵を描き写すばかりとは、言いたくない。

　いい知らせを伝えられないことが情けなくて、おふゆは市之進の顔を見られなかった。

「そんなことねえよ。俺にはわかる」

　力強い口調に、おふゆは顔を上げた。

「おふゆちゃんも大輪の花を咲かせることができる。今は、じっと堪える冬のときなんだ。春が来るまでの辛抱だぜ」

　市之進は、優しい眼差しを向けている。口先だけの慰めではない。心から信じていることが伝わった。

「そのときは、俺の役者絵を描いてくれよ。うんと男前にな」

約束だぜ、と白い歯を見せた。

市之進さんに、新しい風が吹いている。おふゆは感じ取った。

それは、市之進さんにとって追い風だ。

このままうまくいきますように……。

願わずにいられなかった。

第三章 慈雨

一

海から吹く風を胸いっぱいに吸い込んだ。潮の匂(にお)いがする風に、涼しさを感じる。すぐそばまで秋が来ている。

国藤からお使いを頼まれ、芝神明(しばしんめい)の門前町に向かっていた。

「おふゆ。摺師(すりし)のところへ行ってくれ」

鬼灯(ほおずき)の実を画帖(がちょう)に写していたとき、外に出る用事を頼まれた。

江戸に来て間もない頃(ころ)から、いろいろなところへお使いに行った。室町(むろまち)、京橋(きょうばし)、八丁堀(はっちょうぼり)。徐々に遠出をするようになり、今では、江戸市中の街並みがすっぽり頭の中に入っている。

しばらく前は、お使いが続くと、身の内に焦りが湧(わ)いた。自分より年下の弟子がせっせと半紙に向かっているのを横目で見て、いつか追い越されるのではないかと、不安になった。

けれど、いつしかお使いを有意義なものにしようと思い直した。風呂敷に画帖と矢立を入れ、気になるものがあったら、即座に写す。往来に転がる蟬の抜け殻、屋根の上で眠る猫。画帖を埋めたあとは、満ち足りた思いがした。

摺師が住む門前町は、米沢町から遠い。宇田川町の通りを曲がり、三島町に入ったところで、歩みが遅くなった。このあたりには地本問屋が多い。

そのうちの一軒に、おふゆは引き寄せられた。軒先にはきらびやかな錦絵を飾り、店の奥では草双紙を整然と並べている。

美を競う役者絵や美人絵、雄々しい相撲絵もある。豊富な品ぞろえが目に留まり、おふゆは足を止めた。しばし見入っていると、若い男が近づいてきた。

「あんた、買うのかい。買わないのかい」

怖い顔をしている。さも邪魔だと言いたげだ。

「……ごめんなさい」

きまりの悪い思いをした。店から離れようとしたとき、男は大声を上げた。

「お嬢さんっ、困りますよっ」

鋭い叱責に、おふゆは首を縮めた。見れば、六つか七つくらいの女の子が店の奥から出てくるところだった。

どうやら往来に出るつもりらしい。両手を胸まで掲げ、その手に何かをのせている。

「いけません、そんなものを店の前に埋めては。雀の死骸なんて気味が悪い」

男は、目を吊り上げた。しかし、女の子は負けていない。むっとした表情で言い返した。

「だって、にぎやかなところなら、さびしくないでしょっ」

両手に捧げ持っているのは、雀の亡骸だった。烏にでも突かれたのか、それとも、悪いものでも食べたのか。

おふゆは首を伸ばして、手の平に横たえられた亡骸を見た。嘴は半開きで、固く目を閉じている。何かにぶつかって地面に叩きつけられたのか、がっくりと首が曲がっていた。

「とにかく、往来はいけません。庭の隅に埋めてください」

女の子を店の奥に戻すと、男はおふゆに冷たい目を向けた。

「あんたも、さっさと行ってくれ」

おふゆは、追われるように立ち去った。

日はまだ高いところにある。用事が無事に済んで、おふゆの気持ちは軽くなった。帰る途中、再び地本問屋の前を通りかかった。雀の亡骸を手にのせ、その死を悲しんでいた子が気にかかる。

店の中を覗いたら、女の子は草双紙の表紙を眺めていた。何か探し物をしているようだ。右へ左へと、せわしく頭を動かしている。

店の中に、さっきの男はいない。おふゆは声をかけてみた。

「何を探してるの」

女の子は振り返り、睨むような眼差しでおふゆを見上げた。顔を強張らせて警戒している。おふゆは声を和らげた。

「お話を読むのが好きなのね」

女の子は黙ってうなずいた。

「わたしも好きよ。舌切り雀とか」

すると、目から怒りの色が溶けて流れた。敵ではないと察したらしく、事情を打ち明けた。

「いつも、おこめをあげてたの。でも、しんじゃった。にわにおちてたの」

やはり烏の仕業だろうか。雀が餌をもらっていることを覚え、先回りして追い払い、自分が与ろうとしたのか。

「うちのにわは、せまくて、くらいの。だから、にぎやかなところにうめてあげたかったんだけど……」

あのひと、こわいからと言って、肩をすくめた。おませな仕草に、おふゆは微笑んだ。

「すずめのおやどって、ほんとうにあるのかな」

この子は「舌切り雀」の草双紙を探していたのだ。けれど、店頭にはない。

「それなら、お姉ちゃんがいいものをあげる」

おふゆは風呂敷を開いた。土間の上に画帖を置くと、矢立から筆を取り出した。

雀の目は、丸くて生き生きしたものがいい。周りに桜の花びらを散らし、羽を大きく広げて、元気に飛んでいる姿にした。

「はい、どうぞ」

画帖を破り、描いた絵を渡した。

「うわあ、すごい。そっくり」

興奮して、はしゃぎ声を上げた。その声を聞きつけて、奥から若い男が顔を出した。

「お嬢さん、またこんなところで……あっ、あんたはさっきの女じゃないか。買いもしないくせに図々(ずうずう)しいっ」

　男が声を荒らげたので、おふゆは急いで画帖を仕舞った。

　すると、

「こらっ、お客様に向かって何という物言いだっ」

　雷のような怒声が響いた。年老いた男が出てきて、若い男を一喝したのだ。

　おふゆは震え上がったが、女の子はけろりとしている。

「おじいちゃん、これみて。おねえちゃんにかいてもらった」

　駆け寄って絵を見せた。

「ほう、これはよく描けている。よかったな。おっかさんにも見せておやり」

　穏やかに諭(さと)され、上機嫌でうなずいた。

「おねえちゃん、ありがとう」

　礼を言うと、跳ねるように行ってしまった。

「私はこの店の主(あるじ)です。うちの手代(てだい)が不調法な振る舞いをして、誠に申し訳ございません」

　丁重に頭を下げられて畏(おそ)れ入り、おふゆも深く腰を折る。

　藍(あい)の着物は仕立てがよさそうだ。草履(ぞうり)の鼻緒は紺地で真新しい。白い髷(まげ)には櫛目(くしめ)が通り、店主としての威厳を感じさせた。

「お客様は、絵の修業をなさっている方ですね」

どうしてわかったのかしら。言い当てられて戸惑い、返事に窮する。

「簡単なことです。そら、手首に赤い顔料がついておりますよ。それに、お客様から顔料の匂いがいたします。お稽古事ではございません。長く工房にいる証です」

おふゆは袖に鼻をあてて、くんくんと嗅いだ。本当にそんな匂いがするのだろうか。自分ではわからない。

「先ほどは、孫娘のためにありがとうございます。おかげで、雀の子が生き返りました。見事な死絵を描いていただき、最善の供養になったことでしょう」

意表を突かれて、おふゆは聞き返した。

「今、死絵とおっしゃいましたか」

「ええ。そもそも、死絵とは役者を描くものですがね」

さらに畳みかけて聞いた。

「あのう、こちらのお店に死絵はありますか」

店主は手代に目配せした。しかし、手代は黙って首を振った。

「あいにく、私の店では扱っておりません。恐縮ではございますが、お尋ねいたします。お客様は、死絵についてどのくらいご存知なのですか」

店主は、相当な高齢に見えた。皺（しわ）は深く、しなびたように顔は小さい。だが、腰はまっすぐに伸び、目には強い光がある。

気後れしないように、自らを奮い立たせておふゆは答えた。

「わたし、よく知らないんです。この間、死絵を初めて見ただけで……」

上方（かみがた）から送られてきた荷物が、死絵で包まれていたことを話した。四代目中村歌右衛門の絵だと言ったら、店主はすぐに思い当たったようだ。

「その役者なら、私もよく存じ上げております。歌右衛門の死絵は評判がよかったのですよ。三代目も描かれましたがね、四代目の方が多く出回りました」

一枚くらい出しておけばよかったな、と独り言のようにつぶやいた。

「もっとも、亡くなったあとの役者絵ですからね。不吉なものだと、嫌がるお客様もいらっしゃいます。板元（はんもと）としては、売り出すのに頭を悩ませる類（たぐ）いの絵です」

不吉だと思われるのか。

たしかに、「死絵」という呼び名には不気味さがつきまとう。おふゆも、初めて聞いたときには、絵を取り落としそうになった。

「お客様は、死絵もまた役者絵であることをご存知ですか」

「はい。兄弟子から、役者絵のひとつだと教わりました。でも、わたしにはほかの役者絵とは違う、特別なものに感じられます」

「たとえば、どのあたりが」

思案したのちに閃いた。

「絵師が物語を作ってもいい役者絵。そんな風に思いました」

ふうむ、と店主は顎に手をあてた。何かを考え込んでいる。

「お客様は死絵の本質を言い当てました。絵師が物語を作る役者絵、そうです、それこそが醍醐味なのです」

おふゆの頭に、ふと疑問が浮かんだ。

「わからないことがあります」

「何でしょう」

「死絵を見かけないのはどうしてですか」

無知で不躾な質問かもしれない。けれど、店主は咎めることなく、丁寧な口調で答えた。

「死絵というものは滅多に出回りません。そもそも珍しい絵です。人気のある役者が亡くなって、初めて描かれるものですから。それに、一時は死絵どころか、役者絵を描くことすら御法度になりました」

　店主の声が低くなる。

「お客様が、うちの孫娘くらいの頃です。天保（てんぽう）のご禁制で、一切の役者絵を描いてはいけなくなったのです。もちろん、死絵を描くことも許されません。あの頃は絵師や板元ばかりではなく、役者にとっても辛（つら）い時代でした」

　そんな時代があったのか。おふゆはちっとも知らなかった。描くことを禁じられる恐ろしさは、想像するだけで背筋が凍る。

「再び死絵が出回るようになったのは、ここ数年のことなのです。とは言え、ご贔屓（ひいき）から大歓迎されるほどの名役者でなければ、描かれることはありません。そこは商売ですから、板元も慎重になります。お客様の目に留まらなかったとしても、不思議ではありません」

　そういうことだったのか。おふゆは得心した。

「教えてくださり、ありがとうございます」

「いえいえ。こちらこそ、お礼を言いたいくらいです。久しぶりに楽しい話ができました」

　店主は遠い目をして言った。

「若い頃は、死絵なんぞ趣味が悪い絵だと思っておりました。技もなく、趣もなく、興味本位な絵も少なくありませんでした。けれど、寄る年波のせいでしょうか。近頃は、亡き人を描いた絵に心を惹かれます」

絵師は、どんな想いで描き上げたのか。

「死絵が粗悪なものと蔑まれた時代もありました。これからどんな時代になり、どのような絵が好まれるのか、それは誰にもわかりません。けれど、ひとつだけわかっていることがあります」

店主に、迷う素振りはない。胸を張って断言する。

「優れた作品は残ります。時代の波を幾度もかぶり、尚も残り続けたなら本物です」

そう言うと、目尻に皺を寄せた。笑うと、孫娘に甘い好々爺に見える。

「ご精進なさい。死絵に目をつけるとは、面白い絵師ですね。いつか、うちの店でも描いていただきましょうか」

くっくっと笑いながら、店主は店の奥へと消えた。

おふゆは立ち尽くした。わたしのこと、絵師って言った。

兄弟子すら、おふゆを絵師と認めることはない。師匠からも、まだまだ見習いの身分と諭されている。

それに、死絵は不吉だけれど、目をつけるのは面白いと笑っていた。

「描いてもらおうか」と言ったが、それはお世辞だろうか。絵師見習いの小娘をからかったのか。

もっと店主から話を聞きたかったが、手代が睨んでいることに気づき、急いで店を出た。

去り際に、ちらりと後ろを振り返る。何ていうお店だろう。

佐野屋　さ、の、や

読める字ばかりで助かった。

日が斜めに差し込み、工房には長い影が落ちていた。弟子は一人もいない。

ぺたりと、おふゆは畳の上に座り込んだ。地本問屋の店主に言われたことが、頭の中で響いている。

——おかげで、雀の子が生き返りました。

——見事な死絵を描いていただき、最善の供養になったことでしょう。

あの子に喜んでもらえたら。ただ、その気持ちだけで雀の絵を描いた。

わたしは、大それたことをしたのだろうか。

「何をしておる」

物思いに耽(ふけ)っていたので、背後に国藤が立っていたことに気づかなかった。

「用事は済んだか」

頭が冷える。うっかりしていた。お使いが終わったことを国藤に報告するのを忘れていた。

「申し訳ございません。ご報告しておりませんでした」

詫(わ)びるおふゆを、国藤は腕を組んで見下ろした。

「心ここにあらずという様子だな。一体、何があった」

問われて、佐野屋での出来事を正直に話した。

「……どうしても、わかりません」

「何がだ」

「今日、雀の絵を描いて喜ばれました。草双紙の挿絵(さしえ)と、どこが違っていたのでしょう」

以前、「舌切り雀」の挿絵を手がけたときは師匠に叱(しか)られた。こんな有様では道は遠いと。

同じ雀を描いたつもりなのに、あのときに描いた絵と、女の子のために描いた絵との違いは何か。

「描く者が変われば、自ずと描かれた絵が変わる。お前自身が変わったのだ」

いつの間に変わっていたのだろう、わたしは。まったく気づいていなかった。

「気づかなくともよい。身の内の変化は、自ずと外に表れる。自覚すべきところは、ほかにある」

おふゆの目を見据えて言った。

「お前は、いい目を持っている」

岩五郎からも、同じことを言われた。自分のどこがと不思議に思う。

「いいものと、そうでないものを見極める目。それは、絵師を志す者にとって大事なものだ」

おふゆは神妙な顔をしてうなずいた。

「だがのう……」

国藤は深く嘆息した。

「女子（おなご）ならば、もっと楽に生きられる道があるものを。よりによって、父親と同じ絵師を志すとは。厄介な道を選んだものだのう」

国藤の前で初めて菊の花を描いたときに、おふゆは問われた。

――絵師になるか。

おふゆは答えた。

「はい」と。迷うことなく。

絵師見習いとして過ごすうちに、わかったことがある。何故おっかさんは、おふゆの父親が絵師だったことを隠したがり、最期まで明かさなかったのか。

絵師の道は険しい。父親は名前も作品も残せなかった。

しかも、おふゆは女の絵師見習いだ。女絵師に対する世間の風当たりは強い。女というだけで、絵を描かせてもらえないこともある。

「冗談じゃないよっ、女の絵師なんぞに任せられるかっ」

板元だけではない。戯作者から嫌がられて、仕事を断られたこともあった。越えるべき苦難は、男よりも多い。

「おふゆ、浮世絵とはどういう意味か知っておるか」

「はい。浮世を描く絵です」

摺った錦絵ばかりではない、仏画から端を発した大津絵や、摺絵でなくとも世相を表した肉筆画もまた、浮世絵と呼ばれている。

なぜなら、「浮世」を描いたものだからだ。「浮世」とは、すなわち「憂き世」、辛い当世を表している。だが、浮世絵に苦み走った絵は少ない。憂さを晴らして浮かれるために、軽やかで、おかしみがある。

「多くの者に受け入れられ、瞬く間に江戸市中を席巻した浮世絵は数多ある。だが、そのうちどれだけの絵が残っていることか」

どんな絵があるだろう。数えようとしたが、すぐには思い浮かばない。軒先で見かけて、きれいだ、美しいと見惚れた絵はたくさんあったのに。

「悲しいことに、それが浮世絵の定めだ。水に浮かぶ泡のようなものとも言える。そんな虚しいもののために心血を注ぎ、己の生き様を見出そうとするのだから、絵師とはずいぶん滑稽なものだ」

国藤は低い声で言うと、庭の草花に目を向けた。

日々、弟子たちは工房で懸命に筆を走らせる。根を詰め、目を血走らせて、半紙に向かう。

そのうち何人が、板元から「是非うちで」と望まれる絵師になれるのか。たとえ錦絵を出せたとしても、十年、いや、一年後には姿を消すかもしれない。

泡沫のような絵。儚い絵。憂いだらけの、浮いた世にふさわしい。

岩五郎に届いたお茶の箱は、錦絵で包まれていた。おふゆは目を留め、譲り受けた絵を文箱に仕舞った。

しかし、岩五郎の両親はそうではなかった。物珍しくて買ってみたものの、じきに飽きたのか、荷造りするための紙として使った。もはや、反故と同じだ。

それでも尚、描く。

誰に止められても、自分が納得しない限り、筆を折ることはない。もしも描くことから遠ざかるとすれば、それは心が折れたとき。

「おふゆ。目を曇らせてはならぬぞ」

「はい」

教えを胸に刻み、畳に手をつく。

国藤は工房を出て行った。足音が消えるまで、頭を下げ続けた。

日が落ちて、工房はすっかり暗くなった。おふゆは行燈に火を入れる前に、縁台に立って空を見上げた。

屋根の向こうに星が瞬いている。雀のお宿は、あの星を越えたところにあるのかもしれない。

小さな命を静かに悼んだ。

二

炎天の下、往来が白く見える。表に立つだけで目が眩む。空は青く突き抜け、頭の上に雲はない。ひと雨欲しいところだが、雷雲は西の彼方で涼んでいるようだ。

朝に夕にと空を見上げているうちに、おふゆは気がついた。お天気は雲で決まる。黒くて厚い雲は雨を、時には雷を落とす。薄くて切れ切れな雲は、光を遮らないので晴れを呼ぶ。そして、どんな雲が出ていようと、お天道様は東から西へと進む。ゆったりと、大らかに。

通りに水を撒いていたら、軽い足音が近づいてきた。

どん、と膝の後ろに何かがぶつかり、身体をよじって見ると、小さな男の子が裾にまとわりついていた。

「こら、藤太郎。おふゆちゃんに何てことするの」

ごめんなさいねと駆け寄ってきたのは、国藤の娘お夏だった。

「いらっしゃい、お夏さん」

おふゆが挨拶をすると、お夏はにこっと笑った。その顔は、母親のおなみにそっくりだ。一重の小さな目は優しげで、常に笑顔を絶やさず、愛嬌がある。

お夏がいるだけで、その場がぱっと明るくなる。

「おとっつあん、おっかさん。ただいま」

藤太郎の手を取り、店の奥に呼びかけた。

日頃から冷静で、表情を変えることのない国藤だが、孫の藤太郎は格別らしい。

「おう、よく来た」

破顔して出迎え、抱き上げた。

藤太郎は、この正月で三つになった。頭も黒い目もくりくりして、よく太った活発な男の子だ。

お夏たちは国藤の部屋に通された。庭を見ながら、お夏は言った。

「おっかさん、相変わらず花の手入れが上手ね」

撫子(なでしこ)は、長く花を咲かせている。

「そりゃあね。おとっつあんに、いい絵を描いてもらうためだもの。そうして、どんどん稼いでもらわないとね」

ころころと、快い笑い声が襖(ふすま)越しに聞こえてくる。お夏は笑い上戸だ。

雑巾(ぞうきん)で棚を拭(ふ)いていたおふゆは、襖が一寸ほど開いていることに気づいて、ぎょっとした。つぶらな目がこっちを覗(のぞ)いている。藤太郎だ。

黙然と絵を描く弟子たちを見つめていたが、いきなり襖をすぱんと開けた。

「あっ、それはあかんでえ。お手々が真っ黒になってまう」

藤太郎が反故に手を伸ばすと、岩五郎が声を上げた。藤太郎は反故をつかんだまま、工房の中を駆け回る。

こりゃいかん、とほかの弟子たちは墨や硯(すずり)を藤太郎の手が届かない棚の上に置いた。描いていた絵に墨をつけられたら、大事(おおごと)になる。

「今日は仕事になりませんね。私は帰って続きを描くことにします。お前たちも気をおつけ」

国銀は筆や毛氈(もうせん)を風呂敷に仕舞うと、さっさと工房を出て行った。

どうしようかと、弟弟子たちは顔を見合わせていたが、

「今日はずいぶん暑いなあ。これじゃ仕事にならねえ」

「そうだな。急ぎの仕事もねえし、引き上げるとするか」

次々と道具を片付けはじめた。

「ごめんなさいねえ、邪魔ばっかりして。藤太郎、こっちにおいで。おじいちゃんが玩具(おもちゃ)を買っておいてくれたわよ。毬(まり)と風車ですって。いいわねえ」

玩具と聞いて、藤太郎は目を輝かせた。反故を放り投げ、国藤のもとへと引き返す。お夏は謝りながら襖を閉めた。

「子どもは元気やなあ。歩くんやない、走るんや」

反故を拾いながら、岩五郎は言った。

「ここだけの話やけどな」

岩五郎は声をひそめた。

工房の中に、ほかの弟子はいない。岩五郎から反故の束を受け取り、おふゆは耳を寄せた。

「国銀はんな、お夏はんを好いとったんやで」

思いも寄らない話に、おふゆは身体を反らせた。その様子を見て、岩五郎はにやりと笑う。

「本当ですか。信じられません」

いつもつんけんして、誰かに優しくしているのを見たことがない。

「驚くのも無理ないわ。国銀はん、うまく隠しとるつもりやったけどな、お夏はんの前に出ると、声がいっそう甲高くなるんや。姿が見えると、やたらとうろうろして落ち着かなくなるし。今もそうやろ」

だから、とっとと帰ったのか。仕事ができないと言い訳をして。

お夏が横山町(よこやまちょう)の小間物問屋に嫁いだのは、おふゆが江戸に来て一年も経(た)たない頃だ。慣れずにまごまごしていたから、国銀の心の機微に気づかなかった。

「お夏はんも知っとったやろなあ。でも、わかってたからこそ、国銀はんに接するときは気をつこうてたな。優しくすれば勘違いするやろ。なれなれしい振る舞いをしないあたり、お夏はんはよくできた女子やで」

うんうんと、おふゆはうなずいた。

嫁ぐ前に、お夏は帯や着物をおふゆに譲った。

「お嫁に行くから、こういうものは着られなくなるの。だから、遠慮しないでもらって頂戴(ちょうだい)」

渡すときにも、気遣いを見せた。

国藤とお夏、おなみの三人は和やかに話をしているようだ。襖を隔てていても、楽しげな様子が伝わってくる。

「うまいぞ、藤太郎。よく回っておる」

時折、国藤の大きな声が聞こえた。祖父に褒められ、藤太郎はふうふうと、風車に息を吹きかけているのだろう。

「おっかさん、このお茶おいしいわね」

「そうだろう。岩五郎さんのご両親が送ってくれたんだよ」

「さすが上方ねえ。おいしいものばかりだわ」

褒めちぎられて、岩五郎は照れくさそうな顔をした。上機嫌で墨を磨る。

「この前、お京さんも褒めてましたよ。とてもおいしいお茶だって」

おふゆが言うと、手が滑って墨がこぼれた。

「いきなり何を……畳が汚れたやないか」

手ぬぐいでごしごしこする。

「きれいな方だったでしょう」

おふゆが話を向けたら、岩五郎は手を止めた。

「ああ、ほんまになあ。弁天様のようなお方やったなあ。その上、気っ風がようて、
堂々とした物言いで……」

ぼうっとして天井を見つめた。頰が桃色に染まっている。

「またいらっしゃったら、美人絵を描かせていただきましょうか」

「な、ばっ……」

何を馬鹿なことをと、言いたいのだろう。たちまちのぼせ上がり、額まで真っ赤に

なった。

「ほんまに……兄弟子をからかうなんざ、百年早いわ……」

深呼吸を繰り返し、平静を取り戻そうとする。

「あかん、忘れとった。板元に武者絵を届けな」

絵を抱えると、大急ぎで出て行った。後ろ姿の首まで赤い。ふふふ、とおふゆは笑った。

誰もいなくなった工房に、隣の部屋から談笑のさざめきが伝わってくる。

掃除が済んだので、おふゆは雑巾を持って井戸端に向かった。桶に水を汲み、水面に顔を映す。

お夏は、おなみに似ている。お京と市之進も、それから、卯の屋のおりんと寅蔵もよく似た親子だ。顔を見ただけで、血の繋がりがはっきりわかる。

暗い水面に、おふゆは父親の面影を見出そうとした。しかし、自分の顔に、大人の男の顔を重ねることは難しい。諦めて、桶の水で雑巾を濯いだ。

雑巾を物干し竿にかけて工房に戻ると、畳の上に風車が置いてあった。国藤が藤太郎のために買ったものだ。固くて赤い羽根は丈夫そうだが、何度も息を吹きかけて回し続けたらしい。羽根の先端が折れている。

工房には誰もいない。おふゆは青い毛氈を広げ、筆と絵皿を用意した。使う顔料は赤と茶。輪郭には墨を使う。

隅に積んである反故から、余白が多い半紙を取り出し、毛氈の上に置いた。風車をじっくり見つめたあとに、細筆で竹の柄をすっと描いた。一気に線を引くのは容易ではない。線を引き終えるまで、おふゆは呼吸を止めていた。

風車の羽根は、先端が折れている部分も丁寧に描く。目に映ったものを誇張することなく、誤魔化すこともせず、正直に描き写す。挿絵の仕事を止められてから、ひたすらに心がけてきた。

描き終えると、細筆を絵皿の上に置いた。自分が描いた絵と、畳の上の風車を見比べる。

子細を調べるうちに、赤い顔料が輪郭からはみ出しているところを見つけた。さらによく見ると、羽根の線が曲がっていることに気づき、肩を落とした。

「……まだまだだわ」

子どもの頃は、好きなように描いていた。棒っきれで地面に絵を描いているだけで楽しかったし、胸が躍った。

江戸へ来て、初めて見た錦絵に心を奪われた。世の中の美しいものをすべて集めたように思えた。

わたしもこういう絵を描きたい。ほかに願いはなかったが、弟子入りしてから欲が出た。華やかな錦絵を描きたい。地本問屋の店先に並べてもらいたい。そして、焦りが湧いた。

兄弟子や弟弟子の絵を見ると、焦慮が募る。自分だけが、はるか後ろを歩いているように感じる。気づかなくともよいと言われたが、上達したいのに手応えを得られず、歯がゆくて仕方ない。心が空回りして、自分を見失う。

時折、卯の屋で会った市之進を思い出した。

自信に満ちた表情は、おふゆの目にまぶしく映った。市之進の活躍は自分のことのように嬉しい。だが、同時に、我が身の不甲斐なさに落ち込む。うっかり胸の内をこぼしたことすら、恥ずかしくてたまらない。

ため息をつき、反故を片付けようとしたら、

「おや、風車を描いていたのかい」

おなみに声をかけられた。立ったまま風車の絵を見下ろしている。

「……試しに描いてみただけです」

不出来な絵を見られたくない。早く隠したくて、反故の束に急いで挟んだ。

「お夏さんはお帰りになったのですか」

「ちょいとそこまで、お夏は買い物に出たよ。その間、うちの人は、藤太郎と一緒にお昼寝さ。久しぶりに孫の相手をして、ぐったり疲れちまったらしい。年には勝てないねえ」

くくく、とおかしそうに笑った。

「すみませんでした。勝手に藤太郎ちゃんの玩具を描いて」

後ろめたさから、画帖に残すことをためらった。

「構わないよ。さっきまで風車を持って走り回ってたから、すっかりよれよれになっちまったし」

それにしても、とおなみは腰をおろした。

「あんたの描く線は、六郎さんにそっくりだねえ。丁寧で、誠実だ」

思いがけず父親を引き合いに出され、おふゆは声を失った。

ちらりと目にしただけなのに、おなみは、おふゆの絵柄をつかんでいた。しかも、父親の絵と似ているらしい。国藤にも言われたことがない。

「あんたを見てると、六郎さんを思い出すよ。歌川国六という号でね、うちの人より十二も下だったけど、兄弟みたいに仲がよかった。旅に出たとき、おもとさんと知り合ってね。江戸に連れてきて、あんたが生まれた」

かわいかったよう、と目尻を下げた。だが、その口調はしんみりしている。

「あんたが二つの年だった。長屋に行ったら、部屋の中が空っぽでびっくりしたんだよ。隣りの人から、亭主が死んで出て行ったって聞いて、あたしは途方に暮れてねぇ……」

ぐすっと鼻をすすった。

「絵師になる前の六郎さんは知らない。でもね、あんたは六郎さんに瓜二つだ。ここに来たあんたを見たとき、この子はおふゆちゃんだって、すぐにわかった。だから、ここに置きたいと思ったんだよ。おもとさんが急に姿を消して、あたしは後悔したからね……。もっと、いろいろ気にかけてあげるんだった」

懐紙で鼻をかむと、おなみは反故の束に目を向けた。

「風車の絵が気に入らないようだね」

はい、とおふゆは小さくうなずいた。

「けど、柄の節まできちんと描いてたじゃないか。そういうところも六郎さんと似ているよ。松の葉一本すら、手を抜かずに描く人だったから。あたしはね、六郎さんの絵が好きだった。花も小鳥も愛らしくて、和やかな絵を描ける絵師だったよ」

そして、強い口調で言い聞かせた。

「あんたはたしかに六郎さんの子だ、いや、歌川国六の子だ。あんたのおとっつあんもね、絵を描くのが大好きだったんだよ。上手くなりたいって、懸命に描き続けていた姿を、あたしは今でも覚えている」

おふゆの胸が熱くなる。

やっぱりそうなんだ。わたしはおとっつあんに似てるんだ。顔だけじゃない。絵を描くのが好きなところも。

一人きりでも、絵を描いていれば楽しく過ごせた理由がよくわかった。誰に教わらなくても、何かを見て、そのまま写すことが苦ではなかった。

おとっつあんの血は、たしかにわたしの中に流れている。その血が、わたしに絵を描かせている。

「今は迷っている最中かもしれない。でもね、そういうのも大事なんだ。無駄なことではないんだよ」

おなみの目は、もう一人の娘を見つめるように優しかった。

夕方になって、かすかに風が吹きはじめた。これからひと雨降るのだろうか。お湿りが、涼しさを運んでくれればいい。

日が暮れる前に、お夏は藤太郎の手を引いて帰った。工房を片付けていたおふゆは、畳の上に風車を見つけた。

「すぐに届けなくちゃ」

風車を手に取ると、おふゆは横山町に向かって走った。せっかく国藤が買っておいたものだ。置き去りにされていたら、悲しむかもしれない。

お夏の姿はすぐに見つかった。藤太郎に合わせて歩くためだろう。おふゆは二人に追いついた。

「お夏さん、待ってください」

おふゆが呼ぶと、お夏は立ち止まって振り向いた。

「どうしたの」

「これをお忘れです」

風車を差し出した。

「あら、ありがとう。藤太郎、よかったわねえ」

藤太郎は、目を輝かせて風車を受け取った。

　お夏は機嫌よく笑っている。朗らかな表情を見て、おふゆは以前から気になっていたことを聞いてみたくなった。

「お夏さん、ひとつお尋ねしてもいいですか」

「ええ。なあに」

「絵を描くのをやめて、辛くありませんか」

　かつて、お夏は「夏女」という号を持ち、草双紙の挿絵を描いていた。

「まあ、いきなり何を言うの」

　お夏は鈴を転がすような声で笑った。機嫌を損ねなかったことに、おふゆは胸を撫で下ろした。

「ちっとも辛くないわ。だって、絵を描くのをやめたのは、もっと好きなことを見つけたからだもの。おふゆちゃんには、それが何なのかわかるかしら」

　聞かれたが、答えられずに首を傾げた。絵を描くよりも、好きなこと。おふゆには見当たらない。

「それはね、お店に出ることよ。絵を描くことより、お店でおとっつあんの短冊を売ってる方が、自分には合ってたの」

　たしかに、お夏がいた頃の方が、国藤の絵はよく売れていた。

「絵を描くって、一人きりですることでしょう。私ね、一人でいることに耐えられなかったの。うちのおとっつあんは、長い間じっとして紙に向かってる。ああいうのが性に合わなかったの。でも、お店は違う。私は、みんなとわいわい言いながらお店に立つのが好きなのよ。とりわけ、うちの主人とね」

満ち足りて、幸せそうな表情だ。

お夏さんには、もっと好きなことがあった。それは、好きな人と一緒に歩める道だった。

もし、道が重ならなかったら。おふゆは不安になった。ともに歩むことは許されないのだろうか。

そもそも、女の絵師はほとんどいない。だから、おふゆは珍しがられる。

「嫁いだら、絵を描いちゃいけないんですか」

すると、お夏は真顔になった。

「そんなことない。私はね、おふゆちゃんには、ずっと絵を描き続けてほしいと思ってるわ」

お夏は、慈しみのこもった眼差しを向けた。まるで、実の妹を案じるように。

「……おふゆちゃん、好きな人がいるのね」

おふゆの顔が、たちまち朱に染まる。

「ううん、いいのよ。うなずかなくても、首を振らなくてもいい。私がおふゆちゃんに言えるのは、ひとつだけ」

棒立ちになったおふゆに、お夏は噛んで含めるように言った。

「絵心も、恋心も大切にね。どっちも捨てないでほしいわ。恋をすることで、おふゆちゃんが描く絵はもっと豊かになるから」

お夏はにっこり微笑んだ。

三

七月に入っても、お天道様は容赦なく江戸市中を照りつける。ひと雨降りそうな気配はない。ひゃっこい、ひゃっこいと、冷や水売りは路地を練り歩き、時折、呼ばれて足を止めた。

「東海道四谷怪談」の夏興行が明日に迫った。

市之進は主役の民谷伊右衛門を演じる。それを思うと、おふゆの胸はざわざわ騒ぐ。平常心ではいられない。

仙台にいた頃もそうだった。春が近づくと、市之進たちが今日来るのか、それとも明日来るのかと、落ち着かなくなった。

「かなり前評判が高いで。こりゃあ、当たるかもしれんなあ」

芝居が好きな岩五郎は、あちこちから通の話を仕入れていた。それが、おふゆには不思議でたまらない。

「まだお芝居が始まる前なのに、どうして話が広まってるんですか」

「こういうことは、あっと言う間に広まるもんなんやで。良きにつけ悪しきにつけ、人の口に戸は立てられんってことやろなあ。舞台に出る役者が、飲みに出たとき漏らしたんかもしれん。芝居小屋の上の人らが、この夏はすごいでと自慢したかもしれんしな」

そう言う岩五郎も、話を広める世間の一人だ。

おふゆと二人、店の掃除をしながら岩五郎の口は止まらない。暑い暑いと尻端折りをして、腿も尻も剝き出しだ。時折、蚊に食われたところをぽりぽり掻きながら、器用に箒で土間を掃く。

「立派なもんやで、三代目富沢市之進は。後世に名を残す役者になるやろな。さすがお京さんの息子さんや。あの親にして、あの子ありやな」

「それはどうも」

へっ、と振り向き、真っ赤になった。藤色の絽を着たお京が岩五郎を見つめていたからだ。その眼差しは艶っぽい。

「お褒めにあずかり、恐悦至極に存じまする。ところで、師匠はご在宅ですかねえ。いらっしゃいましたら、是非とも師匠にお取り次ぎを」

岩五郎は弾かれたように立ち上がり、口をぱくぱくさせた。

「い、と」

今すぐ師匠に取り次ぎを、そう言いたかったのだろう。からん、と箒が転がった。尻端折りの裾をおろすと、岩五郎はあたふたと店の奥に駆け込んだ。

身体を震わせて、おふゆは笑いを堪える。岩さんって、お京さんが来ると人が変わっちゃうんだから。

「ふふっ、相変わらず愉快なお人だねえ」

お京が口に手を当てて笑うと、おふゆもついに吹き出した。

国藤の部屋に入るなり、お京は話を切り出した。

「手短にお話ししますよ。明日の舞台をおふゆちゃんと二人で見に行きたいのですが、お連れしても構いませんか。二階の桟敷(さじき)を取ったんです」

国藤の後ろで控えていたおふゆは狼狽(ろうばい)した。

「いえ、わたしは……」

前にも断った。同じことを言おうとしたが、お京はやんわりと遮った。

「お代のことなら、心配しなくていいよ。おふゆちゃんの分は出世払いってことにしといてあげる。明日はね、待ちに待った初日なんだ。特別な日なんだよ。おふゆちゃんだって見たいだろう」

そう言われて、卯の屋で会った市之進を思い出した。いきいきと、芝居にかける意気込みを語っていた。その舞台を見に行きたくないはずがない。しかも、市之進は主役だ。

本当は言いたかった。わたしも見に行きたいです、と。けれど、それは無理なこと。おふゆの事情を察していたのだろう。市之進も、見に来いとは言わなかった。

「一緒に来てくれないと困るんだよ、あたしゃ嘘(うそ)つきになっちまうからね。この前、市之進への文(ふみ)にこう書いたのさ。初日はおふゆちゃんと見に行く、だから張り切って舞台を務めるんだよって」

「でも……」

「市之進は喜ぶよ、おふゆちゃんが来てくれたら。あたしが文を送ってから、いっそう稽古に身を入れてるらしいよ。桟敷におふゆちゃんの姿がなかったら、気落ちして台詞（せりふ）を間違えちまうかもしれない」

そんなことない。わかっていても、苦笑が漏れた。

どれだけ客が多くても、または、一人しか客がいなくても、市之進は力を尽くして役を演じきる。それが本職の役者だから。

しかし、自分はどうだろう。一人前どころか、半人前とも言えない。

「……お京さん、わたしには無理なんです」

おふゆの暗い表情を見て、お京は思案顔になった。

「どうすりゃいいんだろうねえ。桟敷におふゆちゃんがいないと知ったら、市之進は張り合いをなくすよ」

国藤は黙って聞いていたが、おふゆの方を向いて言った。

「とてもよい機会だ。お受けしなさい」

おふゆはうろたえた。

「でも、師匠……」

「至らぬからこそ、存分に学んでくるのだ」

「よかったじゃないか、おふゆちゃん」

お京は嬉しそうに笑った。

「ああ、明日が楽しみだよ。市之進は舞台からおふゆちゃんを見つけて、張り切って伊右衛門を演じるよ」

大事な初舞台を見に行ける。まるで、夢のような話だ。諦めて、自分を納得させていただけに、ひときわ喜びが大きくなる。

「ありがとうございます。たくさんのことを学んで参ります」

深く頭を下げた。

四

舞台を見るときは一日がかりだ。朝早くから幕が上がるので、夜明けとともに家を出る。お京は、まだ暗いうちからおふゆを訪ねてきた。

「おふゆちゃんは部屋をもらってるのかい」

「はい」

部屋として、二階の納戸をあてがわれている。

「それじゃあ、ちょいと上がらせてもらうよ。案内しておくれ」

部屋に通すと、お京は風呂敷包みを開けた。

「あたしのお古だけどね、これをあげる」

風呂敷の中から出てきたのは、藤鼠(ふじねずみ)の絽。上品で、落ち着いた色合いに、おふゆはうっとり見とれた。

袖(そで)を通すと、お京の着物から白粉(おしろい)の香りが漂った。おっかさんは、こういう匂いがしなかった。

「帯は二藍(ふたあい)の縮緬(ちりめん)にするといい。うん、よく似合ってる。少し地味に見えるくらいが、江戸では粋(いき)だしね」

着付けを済ませたおふゆを見て、お京は目を細めた。

「お次は、櫛(くし)と簪(かんざし)だ。どれにしようか迷っちまってねえ。おふゆちゃんに似合いそうなものをぜんぶ持ってきたよ」

木目が緻密な柘植(つげ)の櫛、黒い漆塗りの櫛。簪は鼈甲(べっこう)、珊瑚(さんご)、銀細工と色とりどりだ。おふゆの口からため息が漏れる。小間物屋の前を通るとき、遠目で眺めるだけの品々だ。

「こっちはね、小さいけど本物の珊瑚だよ。おふゆちゃんは色が白いから、よく映えると思うんだけど」

「そんな高価なもの、落としたら大変です」

断っても、お京は引き下がらない。

「構やしないよ。さんざん使ってきたものなんだ。さあ、どれにするんだい。好きなものを選んでいいんだよ」

頰に手をあてて考え込む。どれもきれいで、選びがたい。

もしも市之進さんなら。

思い浮かぶのは、黒地に銀鼠の格子柄。それから、遠目では漆黒に見えた濃紺の縞。どちらも、市之進さんによく似合っていた。

「……これを」

漆黒の櫛を手に取った。小ぶりだが、滑らかでつやがある。飾り気がないところに、粋を感じる。

「へえ、意外だったねえ。渋すぎるようだけど、若い娘さんなら、洒落て見えるかもしれないね」

挿してやるよ、と櫛を手に取った。慎重な手つきでおふゆの髪に挿す。

「さあ、これでよし。ふふっ、楽しいねえ。まるで娘ができたようだよ」

支度が調ったおふゆを満足げに見つめて言った。
「市之進と一緒になったら、本当の娘になるんだけどね」
それが冗談だとわかっていても、おふゆは顔を赤らめた。

西の空には、まだ薄闇が残っている。白い光を帯びながら、お天道様はゆっくり東の端から昇ろうとしていた。

早朝にもかかわらず、浅草の芝居小屋が近づくにつれて、人の数が増える。中でも、小女を連れた大店のおかみらしき大年増や、よく似た顔立ちの母娘が多い。いずれも鈍色や縹色など地味な絽を着ているが、唇に紅を塗ったり、髪に簪を挿したりして、目一杯のおめかしをしていた。

粋筋らしい女は、羽振りがよさそうな旦那を連れている。墨色の地に、金と銀の刺繡をほどこした着物は、旦那の心づくしか。

これから幕を開ける芝居に、大いに期待しているのだろう。誰もが笑顔で、足取りは宙を蹴るように軽やかだ。

江戸に来てから、芝居を見に行くのは初めてだ。気が高ぶって、夕べはよく眠れなかった。もしかしたら、目が赤いかもしれない。

人混みに揉(も)まれながら、お京が耳元で言った。

「大丈夫かい、おふゆちゃん。芝居の最中に眠っちまうんじゃないだろうね」

からかうような口調に、おふゆは目をこすった。

「なんともありません。きっと、舞台の市之進さんを見たら、目が開きっぱなしになると思います」

ほんの一瞬も見逃すまいと、目を皿のようにして見るつもりだ。この目にしっかり焼きつけたい。市之進さんの晴れ舞台を。

「舞台を見る前に、かっと目が開くよ。ほら、ご覧」

お京が頭上を指さした。

人の頭のはるか向こう。二階の屋根の上には、紺地の幕を張った四角い櫓(やぐら)が掲げられている。お上から、芝居の興行を許された証(あかし)だ。屋根まで届く幟(のぼり)が幾本も立ち並び、軒下には「大入」と書かれた提灯(ちょうちん)が連なる。景気のよさに、気持ちが浮き立つ。

さらに、往来を見渡すように役者の看板絵がずらりと並び、芝居小屋の壁を覆っていた。

「あれは」

すぐにわかった。市之進が扮する民谷伊右衛門だと。

月代が伸びた頭に、紋付きの黒い着物。眉を寄せた表情は切なげだ。

「……描きたい」

わたしも、市之進さんの絵を描かせてもらえるような絵師になりたい。

足を止めて、看板を見上げる。憧れと羨望が湧く。すると、後ろから続いていた客が、おふゆの背中にぶつかった。

「おいっ、危ねえじゃねえかっ」

客は中年の男だった。尖った声で文句を言う。

「すみません……」

謝ったが、見向きもされない。男は、さっさと木戸口に入って行った。その前では、木戸番が盛んに呼び込みをしている。

「さあさあ、三代目富沢市之進、一世一代の芝居だよ。新進の役者の、渾身の芝居を見なけりゃ一生の損になること間違いなしだ」

声につられて、客が塊となって木戸へと向かう。

「さ、あたしたちも行くよ」

「はいっ」

緊張して、声が裏返る。

幕が開く前から、周囲は熱気で包まれていた。おふゆは顔を火照らせながら、お京のあとを追った。

東海道四谷怪談。物語の舞台は雑司ヶ谷の四谷町。

浪人の民谷伊右衛門は、傘張りをして糊口をしのいでいる。女房のお岩を邪険にして、鬱憤を晴らすのがせいぜいだ。ところが、伊右衛門に契機が訪れる。さる武家から入り婿になってほしいと頼まれ、裏切りを決意する。

夫に騙され、お岩は薬を飲んだ。すると、顔が崩れ、髪はずるりと抜け落ちた。

――うらめしや。恋しい人ぞ、うらめしや……。

恋慕と憎悪は紙一重。届かぬ想いは、恨みに変わる。

もしも、世の中が安定していれば。伊右衛門に仕官先があれば。

不幸は弱者へ、弱者へと伝播する。最後に行き着くところは……。

筋をわかっていても尚、客は芝居を見たがる。役者の演技に酔いたがる。

お京は、二階の桟敷席を取ってくれた。明かり窓は開いているが、小屋の中は薄暗い。平土間の席までびっちりと客が詰め込まれ、ざわめきは波のようにうねり、止むことがない。

ほどなくして、細い三味線の音が流れてきた。するすると引き幕が開く。客の期待は高まり、すべての視線が舞台に向かう。

舞台の上にいたのは、粗末な部屋の中で破れた傘を繕う伊右衛門。行燈の明かりで、白く塗った顔が浮かび上がる。

――市之進さん……。

おふゆは胸元に手を当てた。そうしなければ、心の臓が飛び出してしまいそうで。うらぶれた長屋に籠もり、やるせない表情で傘張りをする姿から、荒んだ心持ちが伝わってくる。月代が伸び、顎にうっすらと生えた髭は青白い。だが、市之進が扮した伊右衛門からは、ただれた色気が漂っている。

「なんて粋な……」

「いい男だねえ」

あちこちでため息が漏れた。

悪い男と知りながらも、凄みのある眼差しを向けられたら、客は心を射貫かれ、伊右衛門から離れられなくなるだろう。

市之進の動きには切れがあり、演技には華がある。お岩を足蹴にして花道を退いても、その姿が見えなくなるまで、客は目で追った。花道には二本の面明り。長い柄をつけた蝋燭が、苛立たしげに歩く市之進を照らす。白く、冴え冴えとした肌は、ほの暗い芝居小屋でひときわ映える。

おふゆは前のめりになった。一瞬でも、その姿を見逃したくない。何もかもが美しく、目も心も攫われる。

「……この世のものとは思えません」

隣で扇子を使っているお京に言った。

「ああ、その通りだよ。舞台の上は幻、浮世を忘れるひとときの夢なのさ」

客に酔夢を見せるのが、役者の仕事。

市之進は稀代の色悪、頽廃の化身として輝きを放ち、客を唸らせ、虜にする。

「鷹野屋っ」

「三代目っ」

桟敷から威勢のいいかけ声が飛ぶ。役者冥利の瞬間だ。

やがて、舞台は大詰めに差し掛かる。

追われ、迫られ、伊右衛門は逃げ惑う。お岩の成仏を願って供養をするが、もはや遅すぎた。

お岩の望みはただひとつ。伊右衛門を、我が身と同じ彼岸に引きずり込むこと。

刀を振り上げ、伊右衛門は抗う。

「てやんでいっ、かかってきゃあがれっ」

叫び声とともに、伊右衛門の身体が跳ねた。一気に、天井まで飛び上がる。芝居小屋がどよめいた。頭上を指さし、おののく客もいる。

おふゆは呆然とつぶやいた。

「本当に宙を飛んでる……」

目の前で繰り広げられる大仕掛けの迫力に、おふゆは気圧され、飛ぶ伊右衛門に惹きつけられた。

市之進は、濃い鼠色の着物を身につけている。ひらりと翻る両袖は、羽を広げた青鷺のようだ。足を踏み出すごとに、白い脛がちらちら見える。そのたびに、隣の桟敷に座る母娘は、きゃあっと小さく悲鳴を上げた。

「市之進さんが話していた大仕掛けって、このことだったんですね」

空中に視線を向けたまま、おふゆは言った。

「あれはね、宙乗りっていうのさ。着物の下に連尺っていう背負子を着けてるんだよ。その連尺には綱がついていて、着物の襟から抜いてるのさ」

お京が耳元で囁いた。

細い綱には墨を塗り、暗幕を吊した横棒にかけてある。

「幕の向こうには、力自慢の男が控えている。そうだね、おそらく二人」

女座長には何もかもお見通しだ。

刀を抜いたら、思い切り綱を引く。即座に、市之進の身体が浮かび上がる大仕掛け、まさしく空中合戦だ。

闇に浮かぶのは、顔が赤黒く膨れ上がったお岩、それから助太刀する武者の亡霊と狐狸妖怪。いずれも張りぼてだが、造りは精巧だ。次々と伊右衛門に襲いかかる様は鬼気迫る。

伊右衛門は空中で応戦する。刀が光り、汗が飛ぶ。

幽世だ、とおふゆは思った。国銀が描く妖怪絵と同じ、この世ではない物語。舞台の上には、不思議なものがあふれている。作者と役者が作り出した、唯一無二の世だ。

客の誰もが、前代未聞の大仕掛けに肝を潰され、激しく両手を打ち鳴らす。

空中に浮いた市之進と、おふゆの目の高さは同じ。瞬きすら惜しまれる。

一心に見つめていたら、不意に市之進が顔を向けた。刀を振り上げ、見得を切る。

その視線はおふゆに注がれたままだ。

「……市之進さん」

つぶやいた声が届くはずはない。だが、口の形でわかったのか。市之進は小さくうなずき、口元をゆるめた。

おふゆは、胸元をぎゅっと強く押さえた。

今、市之進さんがわたしに笑いかけてくれた。気がついたんだ。わたしが見に来たことを。

あの日、秋保で芝居を見たときと同じ。

今日のことも、胸の内に収めておこう。

幕が引いたあとも、おふゆは夢を見ているような心地だった。熱で浮かされたように、頭の芯がぼんやりしている。

「こりゃあ、すげえもんを見た」

「あの大仕掛けは、三代目が考えたらしいぜ」

「てえしたもんだ。これからは、鷹野屋の時代になるに違いねえ」

客の興奮は冷めやらない。口々に伊右衛門を演じた市之進を讃えている。

「いい芝居じゃないか」

お京はさばけた口調で言った。

突き放したような言い方だが、目尻に涙の跡がある。手には、手拭いをしっかり握りしめていた。おふゆに見つからないように、そっと涙を拭っていたのだろう。

「おふゆちゃん、どうだった」

問われて、まだ高く波打つ胸を押さえながら、懸命に感想を述べた。

「わたし、びっくりしました。あんなに恐ろしい顔の市之進さんを初めて見ました。怒ったり、泣いたりしているところを見たことがなかったから」

おふゆが知っている市之進は、いつも笑っていた。にっと笑ったり、白い歯を見せたり。おふゆに機嫌よく話しかけ、明るい笑顔を浮かべていた。

「役者は笑顔が武器だからね。にこにこしてりゃあ、敵意がないと受け止められる。どんな道でも、敵は少ないに越したことはないからさ」

ざわりと心が騒ぐ。役者仲間の矢助を思い出した。酒に酔って捨て鉢になり、市之進と敵対しているようだった。

「それに、笑えるってことは、余裕がある証さ。誰に何を言われても平気の平左ですって意味なのさ。笑っていれば、強い奴だと思われる。そのへんの連中から、ちょっかいをかけられなくて済む」

人前では、怒りも嘆きも笑顔の下に押し込める。悔しがるのは、誰もいないとき。仙台で見た光景が思い出される。

お京に絵を描くように言われて、部屋を訪れた日。市之進は、静かに煙管をくゆらせていた。無表情で、虚ろに見えた。微笑む余裕を失っていた。笑みのない市之進を見たのは、あの日だけ。

ひとことも口を利かず、やたらと煙管をふかす姿に、市之進の素顔を見たような気がする。

「ああ、今日はいい日だよ。おふゆちゃんと一緒に見ることができたし、今まで待ち続けた甲斐があった」

お京の顔は晴れやかだ。

いつの日か、大きな舞台の主役を務める。

二代にわたる悲願は実った。

お京は、おふゆを連れて芝居茶屋に入った。

「たまには、こういう贅沢(ぜいたく)もいいもんだよ」

顔色を変えて固辞したが、誘いを断れなかった。芝居茶屋の座敷に通され、きまり悪さを感じながら、青畳の上に座った。

通された座敷は二階にあり、窓を開け放していた。外を見れば、薄闇の中を大勢の人たちが歩いている。芝居の興行は終わったが、まだ舞台の熱気に浮かされているのだろう。ざわめきはおふゆの耳にも届いた。

「いい座敷だね。落ち着くよ」

床の間を背にしているお京は、扇子で顔を扇いでいる。襖には牡丹(ぼたん)の花が描かれ、華やいだ雰囲気を醸し出していた。

「失礼いたします。女将(おかみ)でございます」

襖の向こうから声がした。どうぞとお京が答えると、静かに襖が開いた。

「ようこそお出(い)でいただきました」

廊下で手をついていた女が顔を上げた。視線が合うと、おふゆは小さな声を漏らした。驚いたのは向こうも同じだったようだ。一瞬、真顔で目を見開いたあとに、すぐに愛想のいい笑みを浮かべた。

「これはこれは。そちらのお嬢さんはお京さんとお知り合いだったのですね。三代目とご同席していたのもうなずけます」

不審に思ったのだろう、お京が聞いた。

「おみねさん、おふゆちゃんをご存知なんですか」

「ええ、まあ、ちょっと。ご一緒のところをお見かけしました」

みねと名乗り、如才なく挨拶した。納戸色の着物は紋入りで、女将らしい風格を出している。

おふゆは、ますます身を縮めた。やはり、卯の屋で見かけた人だった。市之進に未練を抱いていた様子が気にかかる。

「これから料理を並べますが、その前にお願いしたいことがございます」

「何でしょう」

「三代目のご母堂がいらっしゃると聞いて、瀬川先生が是非ご挨拶をしたいとおっしゃっています。よろしければ、こちらへお招きしたいのですが」

「そういうことなら構いませんよ」

お京は快く承知した。

「では、瀬川先生をお呼びいたしますね」

丁重に頭を下げたあとに、おみねは襖を閉めて出て行った。

「……この店とは、先代からのお付き合いなんだよ。おみねさんは二代目でね」

お京は小声で言った。

「婿を取ったものの、流行病でご亭主が亡くなってね。女手ひとつでやってるところは、あたしと同じさ」

長い付き合いだったのだと、おふゆは事情を呑み込んだ。

「お邪魔いたします」

すっ、と襖が開いた。おみねは一人の男を連れていた。

「はじめまして。瀬川柳風と申します。常日頃より、三代目にはお世話になっております」

男は廊下に手をつき、深々と頭を下げた。

「すぐにお酒のご用意をいたします。瀬川先生、お入りになってお待ちください」

「いえ、私は」

瀬川は断ったが、おみねは意に介さない。

「構いませんよね、ご一緒でも」

「ええ。市之進が世話になっているお礼をさせていただきます」

では、と恐縮しながら瀬川は座敷に入ってきた。

先生と呼ばれているので、老いた狂言作者を想像していたが、瀬川は市之進とそう変わらない年頃だった。一重まぶたで、鼻梁（びりょう）は高い。柳色の着物に青鈍（あおにび）の羽織を合わせており、名を表す着こなしから、作者としての矜持（きょうじ）が忍ばれた。

女中を伴っておみねが料理を運んでくると、座敷の中はたちまち賑（にぎ）やかになった。膳（ぜん）には、胡麻（ごま）をふったおむすびと豆腐の田楽（でんがく）、三つ葉が浮いた吸い物と焼き魚、薄く切った真桑瓜（まくわうり）が並んだ。黒塗りの椀（わん）は料理を引き立てており、おふゆは箸（はし）をつける前にしっかり目に焼きつけた。

「さ、さ、どうぞ」

おみねは座敷に残り、しきりと酒を勧めた。あまり強くないのだろう。酒が回ると、瀬川の口が軽くなった。顔が赤く染まり、表情がゆるむ。

「作者と言っても、私は立作者（たてさくしゃ）ではございません。二枚目、三枚目どころか、狂言方です」

狂言方とは、見習いに近い立場だ。芝居の雑用も引き受ける。

「でも、三代目が主役になると聞いて、この機会を逃してはならないと思いました。夏興行には古株が出ません。立作者も休みます」

目論見（もくろみ）は当たりました、と瀬川は言った。しかし、その顔に笑みはない。淡々と話を続ける。

「私の書いた本を舞台にしてもらえると聞いたときは、そりゃあ嬉しかったですよ。今日は久々の大入りで、頭取からはお褒めの言葉をいただきました」

「すごいわねえ」

おみねは感嘆して、大袈裟な相槌を打つ。

「あたしも見に行きたいけど、芝居茶屋は稼ぎ時でしょう。あとで、三代目のところに話を聞きに行こうかしら。あたしは後家だから、誰にも遠慮はいらないもの」

すると、瀬川は呆れたように言った。

「何を戯けたことを。大店のお嬢さんが、持参金つきで三代目を狙ってます。おみねさんが出る幕はありませんよ」

「んまっ、憎らしいことをおっしゃるのね」

瀬川を軽く睨んだ。

「お二人のおかげで、市之進は舞台に立てたようなものです。どうか、これからもご贔屓にしてやってください」

お京が言うと、おみねは相好を崩した。

「ええ、もちろんです。これからも三代目を応援します。そうだわ。楽屋まで差し入れをお届けしましょうか。玉子焼きなんてどうかしら。三代目は、甘い物がお好きですものね」

うふふ、と意味ありげに笑った。

「今度は、是非三代目をお連れしてくださいね。心からお待ちしています」

しかし、浮き浮きしているおみねに、瀬川はまたしても水をかける。

「おみねさん、それは無理というものです。三代目は稽古熱心でね。興行中は滅多に外へ出ません」

「まあ、さすが三代目。それでこそ役者の中の役者だわ」

おみねが褒めちぎると、瀬川もうなずく。

「三代目は大したものです。あんな大仕掛けをよくもまあ考えついたものです。私としては、役者に危ないことはさせたくなかったのですがね。まあ、成功したのですから、よしとしましょう」

ぐいっと盃を呷った。すかさず酒を注ぎながら、おみねは満面の笑みで言った。

「お仲間の役者さんが、ちょくちょくいらっしゃるのですが、お稽古のときから大評判でしたよ。三代目はすごいと感心しているのを、あたしは何度も聞きました」

「……なんて有難い」

お京の目の縁は赤い。

「そんな風におっしゃっていただいて……。市之進は幸せ者です」

途切れがちに礼を述べた。

おふゆは耳を傾けながら、胸の疼きをぐっと抑えた。吸い物や田楽を少しずつ口に運んだが、緊張して味がわからない。

窓の外はとっぷり暮れている。往来を歩く人も少なくなった。風があるのか、時折、行燈の淡い光が揺れる。

お京の晴れがましい顔が、おふゆにとっての喜びであり、救いとなっていた。

五

夏の芝居町は閑散としがちだが、今年は様相が異なる。

旅芸人の経歴を持つ大部屋役者が怪談物の名作「東海道四谷怪談」の民谷伊右衛門を演じている。しかも、度肝を抜くような大仕掛けだ。

たちまち芝居好きの間で話題となり、

「そんなにすごいのかい」

「ひとつ見てやろうじゃねえか」

噂を確かめようと、好奇心の強い客が押し寄せた。

市之進は期待を裏切らない。鋭い眼差しと絶妙な台詞回しは、日を追うごとに磨かれる。

さらなる評判を呼び、団扇や扇子を片手にたくさんの客が芝居小屋を訪れている。連日、押すな押すなの大盛況だ。

市之進が演じる伊右衛門は、色悪ぶりもさることながら、体当たりの演技も注目されている。空中で斬り合う合戦を客は固唾を呑んで見上げた。市之進のご贔屓はどんどん増え続け、今では、楽屋に押しかける者もいるらしい。

お使いの帰りに、おふゆは三人連れの女たちと行き合った。おふゆと同じ年頃に思えたが、光沢のある着物を身にまとい、華やかな雰囲気をまき散らしている。裕福な商家の娘らしい。高い声でしゃべりながら行き過ぎる。

すれ違いざまに市之進の名が聞こえたので、おふゆは立ち止まって振り向いた。

「素敵だったわね、民谷伊右衛門」

「ああいう男の人なら、身も心も尽くしたくなるわね」

「わかるわ、私も同じよ」

ひときわ大きな嬌声が湧いた。きゃあきゃあと、はしゃいだ声が遠ざかる。

芝居茶屋で、瀬川が話していた大店のお嬢さんとは、ああいう人たちを指すのだろう。じりじりと、胸が焦がれる。

「もう、市之進さんは卯の屋に来ないかもしれない……」

ずんだ餅が出回るようになっても。

市之進の出世は嬉しい。けれど、滅多に会えなくなることを思うと、心に穴が空いたような気持ちになる。

物思いに耽りながら歩いていたが、低くて太い声に引き戻された。

はっとして、顔を上げる。見れば、両国橋の袂に二人の読売が立っていた。どちらも編笠を深くかぶり、顔を見せていない。青い縞の着物を着て、一枚摺りの束を片手に声を張り上げる。

「さあさあ、大変だ。下総で大雨、大洪水だよ。果たして、天変地異の前触れか」

あの声は。聞き覚えがある。おふゆは男をじっと見つめた。

間違いない。低くとも、よく通る声は、市之進に悪態をついていた男のものだ。

調子のいい文句に誘われ、読売の周りに見物人の輪ができた。

「さあ、どうだい。買って読まなきゃ損……」

突然、男の声が止まった。相方が、どうしたのだと様子を探る。男は一枚刷りを相方に渡すと、おふゆに近づいてきた。

男の表情は見えない。だが、男は草履で砂を蹴り上げ、大股（おおまた）で歩いてくる。全身から強い敵意を感じる。

目の前に立つと、嘲（あざけ）るように言った。

「おめえ、市之進のいろだな」

不躾（ぶしつけ）なことを言われて、おふゆの身体が羞恥（しゅうち）で熱くなる。

「そういう言い方をしないでください。あなたは矢助さんですね」

名を当てられて臆（おく）したのか、編笠がゆらりと揺れた。

「おめえは、女のくせに絵を描いてるやつだろう」

「どうして知ってるんですか」

警戒する気持ちから、尖った声が出た。

「俺（おれ）はな、役者をやめた。今は、自慢の喉（のど）で飯を食ってんだ。些細（ささい）なことにも通じていねえと、飯を食えねえ商売なんだよ」

それを聞いて、おふゆの身体から力が抜けた。近くにいないなら、市之進が危害を加えられることはないだろう。

「もっとも、安心するのは早いぜ。おれがいなくなって、市之進が安泰かと尋ねたいところだろうが、そんなにうまくいかねえよ。あの野郎、夏興行が当たって図に乗ってるらしいな」

「市之進さんはそんな人じゃありません」

怯むことなく言った。

「へっ、世の中、そう甘くねえんだよ。芝居小屋の中ってのはな、魑魅魍魎の集まりなんだ。今でも、あいつの敵はうようよ湧いてる」

「いいえ。味方になってくれる方もたくさんいます」

芝居茶屋で、役者仲間も市之進を認めていることを知り、お京は嬉し涙を浮かべていた。

「つくづく、めでてえやつだな。俺は芝居から足を洗ったが、今でも小屋の連中とは付き合いがあるんだ。おめえより、ずっとよく知ってるんだぜ」

馬鹿にするような口調だ。

「哀れな女に、これくらいの情けはかけてやるよ」

編笠を持ち上げた。三白眼に睨まれて、おふゆは後ろに下がった。

「せいぜい気をつけるんだな。もっとも、おめえには何もできやしねえけど」

口をねじ曲げて笑うと、相方のもとへと戻った。一枚摺りを高く掲げ、自慢の喉を鳴らす。

「さあさあ、聞いとくれ。天の神様が怒りをぶちまけた……」

元役者の声はよく響く。

おふゆの胸に不安が渦巻いた。


工房に戻ると、硯に墨を磨りはじめた。落ち着かないときこそ、筆を持つ。精神を統一させることで騒ぎが収まり、平穏を取り戻せる。

一心に墨を磨っていたら、岩五郎が興奮した様子で工房に入ってきた。

「いやあ、ええもん見たで。三代目は大したもんや」

市之進の話に心が乱れ、墨が一滴、畳に落ちた。慌てて手ぬぐいで拭く。

「あんな役者が江戸に隠れとったとは。鷹野屋さん、こっそり隠して、大事に育ててたんやな」

頭から湯気を吹き出しそうだ。

「伊右衛門いうたら、悪役の筆頭やけどな。あの色悪っぷりにはほんまに参ったわ。そのうち、骨抜きにされたい女がぎょうさん出てくるで」

一抹の寂しさを感じる。人気が出るのは喜ぶべきなのに、市之進が遠いところへ行ってしまいそうで。

「もちろん、あの芝居のよさは、伊右衛門だけやない。騙されて、裏切られるお岩が気の毒でたまらん。名前が同じせいやろか、すっかり同情してしもうた。なっ、おふゆもそう思うやろ」

岩五郎は盛大に鼻をすすった。

「はい、わたしもそう思います」

うなずいて、口をはさんだ。

「お岩さんがかわいそうで、怖いというより、悲しい人のように思えました」

「せやろ。あのお岩は、ほんまによかったなあ。女ゆえの切なさをうまく演じきっておったわ」

役者や芝居の関係者は「東海道四谷怪談」を上演する前に、縁の神社をお参りするらしい。お岩の祟りを恐れるがゆえだ。

おふゆは、本当にそんな祟りがあるのかしらと思った。お岩は従順で人の好い女房だった。だのに、夫からひどい仕打ちを受け、我が子すら失った。

そんなお岩が、誰彼構わず人を呪うだろうか。むしろ、辛い思いをしている人には、誰より同情するような気がする。

「こりゃ、千秋楽はまだまだ先のことになるで。芝居小屋はほくほく顔で算盤を弾いとるやろな。ひょっとしたら、十一月の顔見世興行まで引っ張るかもしれん」

岩五郎は腕を組み、訳知り顔でうなずく。

「客は大入り、人気は鰻登り。さすがお京さんや。弁天様は神様を産んだんやな。しかも、芝居の神様やで」

お京まで引き合いに出し、大いに褒めまくる。本人を前にすると、赤くなって口を利けなくなるのだが。

手放しの賞賛に、おふゆの胸は平らかになった。敵ばかりではない。味方をしてくれる人もたくさんいる。市之進さんは心配ない。

そして、気持ちを引き締めた。置いて行かれる。ますます市之進さんが遠くなる。

わたしも精進しなければ。

そのためには日々の修練が大切。市之進さんが稽古を繰り返したように、わたしも何本も線を引こう。わたしにしか描けない、揺らぐことのない一本を見つけたい。

「今のわたしは、市之進さんに追いつけない。……でも」

お守り代わりの言葉がある。

——あんたはたしかに六郎さんの子だ、いや、歌川国六の子だ。

おなみにそう言われたとき、おふゆの中に一本の芯ができた。

わたしの中におとっつあんの血が流れているから、絵を描くことが好きなのだ。

それは、市之進も同じだ。芝居が好きで、懸命に精進する熱意を亡き父親から譲り受けた。ついに悲願を果たした市之進は、おふゆにとって憧れであり、目指すべき人でもある。

硯に墨が満たされると、おふゆは画帖を開いた。

そろそろ菊のつぼみが膨らむ頃だ。五年前、国藤の目に留まり、弟子入りを許されるきっかけとなった花。開花した姿よりつぼみの方が、菊らしく描くのは難しい。

花ばかりではない。今日は、庭にお米を撒いた。食べに来る雀を描くつもりだ。

国藤に挿絵描きを止められ、おふゆは仕事を失った。おなみを手伝って台所仕事をしたり、国藤のお使いに出かけたりしているが、絵を描く依頼をもらえないことは、思いのほか堪えた。番付など小さな挿絵描きすら、大きな張り合いになっていたことに気づく。

仕事がなくとも、画帖を埋める作業は欠かさない。花瓶、小皿、流行の髷、軒下の風鈴。目に留まり、心に残ったものは何でも描き写すようにしている。

ひたすら描き写しているうちに、おふゆはあることに気がついた。

見ることと、見えることは違う。ただ、ものを見ているうちは、心が入らない。

じっと見ているうちに、描きたい線が浮き出てくる。それを逃すことなく、紙の上に写す。それが、「見えて描く」ことだと、うっすらわかってきた。

あとは、腕が追いつくだけだ。目が捉えて、心で作り出したものを紙の上に描く。脳裏に浮かべた姿と、寸分も違わずに。

岩五郎は一人でしゃべり続けている。相槌を打ちながらも、おふゆの目は外を向いていた。米を見つけて、庭に舞い降りた雀を目で追った。

六

往来の影が斜めに長く伸びはじめた。

市之進を一躍有名にした「東海道四谷怪談」。その千秋楽が近いことを岩五郎から聞いた。

おふゆの胸には、伊右衛門を演じた市之進の姿が刻まれている。目を覆いたくなる極悪非道ぶりなのに、背筋がひやりとするほど凄艶(せいえん)な表情におふゆは心を奪われた。伊右衛門の顔や姿、声が頭から離れず、何度も夢に見た。

けれど、そんなご贔屓はたくさんいる。わたしだけじゃない。そのことが、おふゆにはひどく寂しい。

またいつか、市之進さんに会えるかしら。売れっ子の役者さんになってしまったら、卯の屋で約束したことなど忘れてしまうかもしれない。

通りですれ違っても、市之進はおふゆに気づくだろうか。遠い昔、世話をしてやった娘。そう思われるだけだったら、切ない。もう一度、会いたい。できれば、一緒に懐かしい思い出を分かち合いたい。

思い煩いながら店番をしていると、岩五郎が駆け込んできた。

「たっ、大変やっ」

大きな目をさらに見開き、唇はわなわなと震えている。

「どうしたんですか」

しかし、それには答えず、どさりと土間にひざまずいた。汗にまみれ、口から漏れる息は荒い。

「今、お水を持ってきますね」

店の奥に行こうとしたら、岩五郎はおふゆの袂をつかんだ。

「……ええか。気をしっかり持って聞くんやで」

「何があったんですか」

不安になって、問いかけた。いつも冗談ばかり口にしている岩五郎が、真顔でおふゆを見上げている。

岩五郎は悲しげに眉を寄せ、目を伏せて言った。

「三代目が死んだ。天井から落ちたそうや」

おふゆの頭に、岩五郎の声が響き渡る。死んだ……。

心の臓を突き刺されたような衝撃を受けた。息を吸うことすら辛い。血の気が引いて、指先が冷たくなった。

「……嘘です。そんなこと」

「嘘やない。わしが、おふゆに嘘をついたことあるか」

違う、違うとおふゆは耳を塞いだ。

信じられない、信じたくない。

それなのに、鼓動が波打つ。胸苦しいほどに。

暗い想いにとり憑かれ、激しくかぶりを振った。勢いの強さに、岩五郎は手を放した。土間の冷気が足元から立ち上り、おふゆの身体を覆う。天井がぐらりと揺れて、店が傾いたように感じた。

きっと、何かの間違いだ。芝居小屋に行けば、市之進さんはちゃんといる。わたしを見たら、笑ってこう言うだろう。

──よう、元気だったかい。

こうしてはいられない。自分の目で確かめなくちゃ。

ふらり、とおふゆの身体が泳いだ。

「あっ、どこ行くんやっ」

岩五郎が止めるのも聞かず、おふゆは芝居小屋に向かって駆け出した。岩五郎が何か叫んだが、おふゆの耳には入らない。

人にぶつかり、怒声を浴びせられた。

「馬鹿野郎っ、気をつけろっ」

だが、立ち止まることなく駆け続ける。

岩さん、誰かに騙されたのよ。だって、死ぬわけないもの。ついこの間、空を飛んでいた市之進さんを見たばかりなのに。お京さんもあんなに喜んで……。

市之進の笑顔が浮かぶ。つかみ取らねば。幻となる前に。

浅草に行けば、市之進さんに会える。わたしを見て、きっと笑いかけてくれる。だのに、胸騒ぎがするのはどうしてだろう。

ちぎれそうな心を抱えて、おふゆは走り通した。

芝居小屋の周りには大勢の人が集まっていた。誰もが深刻な顔をしている。

「なんで市之進が」

「せっかく三代目を継いだってえのに」

「伊右衛門が最初で最後とはな」

くらくらと、目の前が揺れた。地面に手をつきそうになるのを堪えて、足に力を入れた。頭の芯が痛む。吐き気が込み上げ、口を押さえた。

走り通して、身体中が疲れている。裾は乱れ、髷もゆるんでいた。それでも尚、おふゆは木戸口へ近づく。

芝居小屋に入りたい。市之進さんに会いたい……。

ふらふらと木戸をくぐろうとしたおふゆの前に、身体の大きい男が立ちはだかった。

「帰れっ、ここには入れねえぞっ」

「お願いします、ひと目だけでも」

中に入ろうとしたが、突き飛ばされた。強い力に、あっけなく転んだ。

「駄目なものは駄目だっ。三代目の亡骸を晒(さら)すわけにはいかねえよっ」

胸の中で、大きな音がした。大切にしていたものが粉々に砕け散る音だった。

「……亡骸」

それは、誰の……。

倒れたままのおふゆを誰かが引っ張り上げた。

「これでわかったやろ」

岩五郎だった。額に大粒の汗が浮いている。

「さ、帰るで」

腕を取られたまま、おふゆはよろよろと一歩を踏み出した。

「大丈夫か。しっかりするんやで」

労る言葉をかけられても、口が重くて答えられない。心にぽっかりと穴が空いている。その中を冷たい風が行き過ぎる。

西の空から黒い雲が流れ込み、街に陰りを落とした。通りを歩く人たちは空を見上げて眉をひそめた。華やかで、笑みが満ちあふれた芝居町の様相はない。

知らせを聞いて駆けつけたのだろう。

「三代目が……」

「嘘だろ……」

泣き崩れる女たちが目の端に入ったが、おふゆの乾いた目には、どこか遠いことのように思えた。すべてが隔てられ、悲鳴はくぐもって聞こえる。

岩五郎に支えられ、往来を無言で歩く。時折、岩五郎は鼻をすすった。

浅草橋を渡っているときに、ぽつっと冷たいものが頬にあたった。ぽつ、ぽつぽつと、肩にも首にも滴が落ちる。

「雨や。おふゆ、急いで」

促されるがままに歩みを速めた。

橋の上を急ぎ足の人たちが行き交う。

「ようやくお湿りが来たぜ」

「これで、ちったあ涼しくなるだろう」

恵みの雨だと、口々に言いながら。

おふゆは空を見上げた。鉛色の雲から細い雨が降り注ぐ。

……天が、泣いている。

わたしの代わりに涙を流している。

市之進さんを悼むように。

大きく穴が空いた心に、慈しみの雨が染み込んだ。

第四章　開花

一

店番をしていたおふゆは、台の上の短冊に目を留めた。

紫色の桔梗が二輪。細くて長い葉も描き添えられている。濃い桃色の萩、薄紅色の芙蓉を描いた短冊もある。いずれも国藤が手がけたものだ。短冊を見るまで、おふゆは季節の移ろいに気づかなかった。

今朝、井戸の水を桶に汲んだとき、水面に映った自分の顔を見た。暗く、虚ろな目をしていた。その目は、何も見えていないようだった。

一昨日、雨に濡れて帰ったときからおふゆは筆を持っていない。台所仕事や、工房の掃除ばかり淡々とこなしている。

わたしは空っぽになってしまった。もはや、絵師でも人でもない。ただの人形だ。

短冊を目にしても、心に響かない。見つめているうちに、輪郭がぼやけて色褪せる。

棚を拭き終えて、土間の掃き掃除をしようとしたら、一人の男が近づいてきた。

「ここは国藤師匠のお店ですね」

「はい」

おふゆは怪訝に思った。馴染みの板元ではない。国藤より年上らしく、恰幅はいいが、男の髷は真っ白だ。

「少しお邪魔しますよ」

男は店の奥へと向かうが、暖簾をくぐれば、そこには台所がある。

「あの……」

師匠に取り次がねば。男を引き止めた。

国藤を訪ねてきたのは、芝居小屋の頭取だった。国藤の部屋で、二人は向かい合っている。

おなみが留守だったので、おふゆが茶を出した。弟子に店番を代わってもらい、お盆を持ったまま工房で耳をそばだてた。

「一体、何やろな」

事情通の岩五郎でもわからないらしい。筆を絵皿の上に置き、襖の向こうをじっと睨んでいる。

「あの頭取は、三代目を後押ししていたんや。伊右衛門役に推したのも、あの頭取やって、わしは聞いたで」

何故、頭取が国藤のもとを訪ねてきたのか。おふゆにも、岩五郎にもまったく見当がつかない。

お茶を運んだとき、頭取の顔に苦渋が表れているのを見た。額には深い皺が幾本も刻まれており、楽屋を統べる難しさが滲んでいた。

「無念です」

頭取の太い声がした。工房の弟子たちも手を止め、聞き耳を立てた。

「市之進は、大仕掛けから落ちて亡くなりました」

おふゆは膝の上に置いた拳をぎゅっと握りしめた。どこかに力を入れておかないと、身体が傾き、崩れてしまう。

「連日の大入りでした。千客万来とは、まさにこのこと。誰もが市之進の芸に驚き、褒め讃えておりましたが」

力を振り絞って空中合戦を演じている最中に、暗幕の横棒に渡していた綱が切れ、頭から舞台の上に落ちたと言った。

「ほかに怪我(けが)をした者はいませんでした。市之進だけが命を失ったのです」

頭取は苦々しい口調で続ける。

「市之進は前途が有望な役者でした。今回の夏興行は評判がよく、ゆくゆくは顔見世興行に出ることも決まっていたのです。ご贔屓(ひいき)にしてくださるお客様は、日を追うごとに増えておりました」

それなのに、と悔しげに呻(うめ)く。

「私がここへ来たのはほかでもありません。師匠に、市之進の死絵(しにえ)を描いていただきたいと思ったからです」

死絵と聞いて、おふゆの眉(まゆ)が動いた。心の隅に、小さな明かりが灯(とも)る。もっとよく聞きたいと、襖に身体を近づけた。

「死絵は、江戸だけではありません。上方(かみがた)も芝居が盛んなところですから、役者を悼(いた)む死絵が出回っております。ひょっとしたら、江戸より多いかもしれません。師匠は、お描きになったことがございますか」

「いや、一度も。ほかの歌川派は描いておるが」

「そうですな。国芳(くによし)師匠は竹之丞(たけのじょう)を描いておられました」

嘉永(かえい)四年（一八五一）、気品が漂う容貌(ようぼう)で知られた五代目市村(いちむら)竹之丞が亡くなった。

行年三十九。その若さは広く惜しまれた。

歌川国芳は、竹之丞とともに、物故者となった二人の役者を描き、「三仏（さんぶつ）けん」と名づけて世に出した。弔いを示す水浅葱（みずあさぎ）の着物姿だが、三人は「拳（けん）」という手遊びに興じている。

厳粛な死を扱いながら、くすりと笑みが漏れる絵だ。こうして、あの世でも楽しく過ごしていることでしょう。国芳は、そう伝えたかったのかもしれない。

「死絵は知らせが早い代わりに、粗雑なものが多い。だが、国芳が描いた絵は重宝されたらしいのう」

「ええ、その通りです。死絵とは、非常に厄介なものです。優れた絵なら、私どもは何も言いません。ところが、いい加減な死絵が少なくないのですから、業腹（ごうはら）なのです。実際に、このような」

畳を叩（たた）く音がした。何事かと、弟子たちはびくっと身体を震わせる。

「たちの悪い死絵が出回っております。いずれも市之進を描いたものです」

頭取は死絵を持ってきたのか。おふゆは、今すぐに襖を開けたくなった。

「死んだ者を貶（おとし）めて笑い者にするなど、心のある人間がすることではございません。そんなものは、もはや錦絵（にしきえ）とは言えません。悪摺（あくずり）です。見世物小屋と同じです。死んで尚、辱めを受けるようなものですよ。私は役者の側に立つ者です。売れればいいだけの板元や、面白半分で読みたがる客の側には立ちません」

国藤は黙している。頭取の話に耳を傾け、怒りをも受け止めているようだ。

「市之進は旅芸人の出自です。新進の役者が、不運にも興行中に亡くなった。それなのに、その死を悼むどころか、出自を嘲笑う摺物が出回っている。そんなことは到底許せません。師匠、どうかお願いいたします」

がばりと、身じろぎをする音がした。畳に手をついたらしい。

「市之進を悼む絵を描いてください」

「そう言われてものう。儂は、久しく役者絵を描いておらぬのだ」

国藤は断ろうとするが、頭取は諦めない。執拗に縋りつく。

「師匠ならば、細やかで、慈悲あふれる絵をお描きになれます。そのような方にこそ、市之進を描いてもらいたいのです」

「そもそも、儂は三代目の顔を知らぬ」

「市之進の亡骸はまだ芝居小屋にあります。どうか、死に顔を見てやってください。そうすれば、描くことができるでしょう」

おふゆは腰を浮かせた。

しかし、

「あかんで」

岩五郎に肩を押さえられた。

工房は静まり返っている。ただ一人、国銀が皮肉まじりに言った。

「ふん、死んだ者を描くなんて縁起が悪い。あんな不気味なもの、うちの師匠が引き受けるわけないよ」

佐野屋の店主も同じことを言っていた。

――亡くなったあとの役者絵ですからね。不吉なものだと、嫌がるお客様もいらっしゃいます。

そうだろうか、人から嫌がられるだけの絵だろうか。

「死絵なんざ、辛気(しんき)くさい、抹香臭(まっこうくさ)い、おまけに何の工夫もない。三流の絵師が描くものさ」

国銀の口調は辛辣(しんらつ)だ。

「……芝居を知らん野暮天(やぼてん)のくせに」

岩五郎はつぶやいた。

「妖怪絵(ようかいえ)の方が、ずっと上等だね。頭の中で、しっかりこしらえたものを描いてるんだから」

違う。死絵もこしらえる。見たものをそのまま描くわけではない。

おふゆの頭の中には、一枚の死絵がある。お茶の箱を包んでいた、四代目中村歌右衛門の死絵だ。

あの絵には、死者を悼んで、新たな物語を作ろうとする想（おも）いがあった。粗悪でつまらない、三流の作品ではなかった。

「師匠、どうかどうか……」

頭取の懇願は続いている。だが、国藤は承諾しない。

おふゆは岩五郎の手を振り払い、堪（こら）えきれずに襖を開けた。

「わたしに描かせてください」

いきなり飛び出してきたおふゆを見て、頭取は目を剝（む）いた。

「お願いです、どうかわたしに」

必死に懇願したが、頭取は鬼のような形相で怒鳴った。

「なんて無礼なっ。こんな小娘に任せられるかっ」

死絵をぐしゃりと丸め、袂（たもと）に入れた。おふゆの口から、短い悲鳴が漏れた。

頭取は立ち上がり、冷たい眼差（まなざ）しで国藤を見下ろした。

「師匠ならば引き受けてくださると信じておりましたが、臆しましたか。どうやら、見当違いだったようです」

立腹したまま出て行った。

国藤はひとことも弁解しなかった。ただ、沈痛な面持ちをしている。

「師匠」

「何だ」

「絵は、どんな」

国藤は低い声で答えた。

「己の目で確かめよ。人伝に聞いた絵など、何の足しになる。不確かなものを頼りにしてはならぬ」

おふゆは一礼して襖を閉めた。弟子たちは目を逸らし、そそくさと筆を持つと半紙に向かった。

ふん、と国銀は鼻で笑い、痛烈な皮肉を放った。

「差し出がましいとはこのことだ。あんたは師匠から謹慎を言い渡されているんだよ。それなのに頭取に願い出るなんて、図々しいにもほどがある」

おふゆは深く首を垂れた。

二

日が暮れる前に、おふゆは工房の行燈(あんどん)に火を入れた。岩五郎と、弟弟子の一人が毛氈(もうせん)の上に屈(かが)み込んでいる。ほかの弟子はいない。火口(ほくち)を灯心に近づけながら、おふゆは頭取の話を思い出していた。

――市之進は旅芸人の出自です。新進の役者が、不運にも興行中に亡くなった。

――それなのに、その死を悼むどころか、出自を嘲笑う摺物が出回っている。そんなことは到底許せません。

岩五郎も弟弟子も、声をかけない。目を合わせないようにして、口をつぐんでいる。

そこへ、おなみがおふゆを呼びに来た。

「お京さんがお見えになったよ」

おなみは心配そうな顔をしている。

「うちの人も呼んだけど、今時分に何の用だろうね」

お京が来たと聞いて、岩五郎は泣きそうな顔をした。

「あかん。お京さんに合わせる顔があらへん。わしは退散するで」

鼻をぐすぐすと鳴らしながら、岩五郎は弟弟子の首根っこをつかまえた。

「お前も来るんや」

お京と鉢合わせしないように縁台を飛び越え、そのまま潜り戸から往来に出た。弟子を道連れに、どこかで飲みながら市之進を悼むのだろう。

店先に立つお京は真っ青な顔をしていた。やつれて、目の下の隈は濃い。だが、その目に涙はない。

おふゆを見ると、お京は黙ってうなずいた。そして、しっかりした口調で、国藤に言った。

「頭取から話を聞きました。師匠は、絵を描くご依頼をお断りなすったそうですね」

「済まぬ」

国藤は謝罪を口にした。

「構いませんよ。その理由を聞いて、あたしは納得しました。師匠は市之進の顔を見たことがないんですから、お断りするのが筋というもの。無理に描いていただこうとは思いません」

お京はおふゆに目を向けた。

「おふゆちゃん。あたしは、あんたにあの子を描いてもらいたい」

それを聞いて、国藤は顔色を変えた。

「何を申される。頭取が許すわけなかろう」

しかし、お京は怯まない。

「頭取には話をつけてきました。と言っても、あたしの力じゃありませんが。鷹野屋の先代にお願いしました」

国藤はううむと唸る。

「二代目を引っ張り出すとは……」

芝居にさほど詳しくない国藤でも、その威名を知っている。

「ええ。それくらいのことをしないと、あの頭取を動かすことはできなかったんです。先代は快く引き受けてくださいました。産みの親の願いを無下にするわけにはいかないとおっしゃって」

有難いことです、と言った。だが、国藤の頑なな表情は変わらない。

「二代目が承知しても、儂が許さぬ。今の腕では無理だ。技量が足りぬ」

「描けます」

お京は、凄みを込めた目で国藤を見据えた。

「この子なら描けます。いえ、この子にしか描けません」

「……何故に」

「市之進とおふゆちゃんは、仙台にいた頃からお互いを知っているんです。江戸に来てからも、役者として絵師として、互いに励まし合ってきました。……それに」

お京は息を深く吸った。間をひとつ置いたあとに、嘆息とともに吐き出した。

「あたしは、あの子の嫁になってほしいと……」

言葉は先細りになって消えた。

──市之進と一緒になったら、本当の娘になるんだけどね。

あの日、言ったことは本気だった。

「師匠、どうか二人だけにしてください」

この通りです、とお京は低く頭を下げた。

お京とおふゆは工房で向かい合った。墨と顔料の香りが強く匂う。お茶は断った。

誰も近寄らない。

おぼろげな行燈の明かりに照らされ、二人で通夜をしているような錯覚をした。お京の顔には影が落ち、憔悴が浮き彫りになる。

「見事な芝居だった。綱で身体を吊り上げられて、空中で斬り合いをするんだから。

……けれど、綱が細くて、切れやしないかと気になってたんだ。悪い予感が当たったっちまったよ」

　小さい声でお京は言った。

「本当に、綱が切れただけだったのかねえ」

　おふゆは息が止まりそうになった。誰かが市之進を殺めたと言いたいのだろうか。

「あんまり市之進が大きな動きをするものだから、綱が耐えきれなくて切れたと裏方から聞いた。そんなことがあるのかい、おかしいじゃないかと思ってね、あたしは芝居小屋に乗り込んだのさ」

　お京は膝を詰め、おふゆに顔を寄せた。

「綱を見せてくれと頼んだけど、まったく相手にされなかった。……誰かが、刃物で切り口をつけていたかもしれないのに」

　役者同士の憎み合いは凄まじい。舞台を下りたあとも合戦は続く。

　もしや。おふゆは思い当たった。

　岩五郎に頼まれて、卯の屋までお使いに行く途中のこと。矢助が、市之進に言い放った。

　——覚えてろよっ。てめえなんか叩き落としてやらあっ。

　その後、読売となって両国橋に立つようになったが、今でも役者と付き合いがあると話していた。

逆恨みをして、矢助が仕掛けたのか。

「……いくら先代の養子になったとは言え、鷹野屋の血を引いていない役者が主役に選ばれるのは滅多にないこと」

お京は気丈に話し続ける。

「それを快く思わない役者は大勢いた。だから、この夏興行に賭けていたんだ。成功すれば人気が出る、実力を認めてもらえる。実際に、鷹野屋はいい役者を見つけ出したと、大評判だった」

読売には「稀代の色悪」「客を蠱惑する役者」と書き立てられた。さらに評判が広まり、市之進への期待は日毎に高まった。

しかし、注目が集まれば集まるほど、蹴落としてやろうと画策する輩が出てくる。自らの力で高みに到達することができない輩は、高いところに立つ者を、自分がいる場所まで引きずりおろそうとする。

僻みは心の歪みに繋がり、善とは言えない行いを呼ぶ。

「親が出しゃばるなんてみっともないことだとあたしも思う。でもね、あの子は亡くなっちまった。しかも、あの大仕掛けはやり過ぎだった、伊右衛門も張りぼてにすればよかった、お岩の祟りだと噂をする連中もいるんだ」

　お京は悔しそうに言った。

「生きている間は芸人の子と見下され、死んだ後まで面白おかしく言われるなんて、あたしは耐えられないよ。親のあたしがしゃしゃり出ないで、誰があの子の汚名を濯いでくれるんだい」

　肩が小刻みに震えている。しばらくして身体の震えが収まると、お京は強い眼差しでおふゆを見た。

「この間、おもとさんの話をしたね。おふゆちゃんを遺して逝くのは、さぞや心残りだっただろうよ」

　でもね、と語気を強めた。

「子を置いて逝く、子に先立たれる。どっちがましで、どっちが不幸かなんて、あたしは問わないよ」

　お京の口調に、湿っぽさは微塵もない。

「市之進は舞台の上で本望を遂げた。その事実があるだけさ。あの子は、長寿をまっとうして畳の上で死ぬ生き方は選ばなかった。いや、選べなかったんだ。芝居の神様に、すべてを捧げていたからね」

我が子が望みを叶えたところを見届けた。それもまた、親として本望か。

おふゆは店の外までお京を見送った。日はとっぷりと暮れており、多くの店が雨戸を閉ざしていた。

お京が往来に出ると、屈強な身体つきの男が音もなく近づいた。提灯を手にしている。話が終わるのを待っていたのだ。

おふゆは、その男を仙台で見たことがあった。裏庭で大道具をこしらえたり、荷車を直したりしていた。稽古をしていたことはない。舞台に立つ芸人ではなかったのだろう。

提灯の淡い光に照らされてもわかる。顔には皺が寄り、眉も白い。長い間、お京を見守ってきたのだ。そして、これからも付き従って歩く。この男もお京を慕い、陰になって支えることを望んでいる。

「これを」

漆黒の櫛を懐から出した。芝居に行くときに貸してもらったものだ。

漆を重ね塗りした櫛には、欠けたところも剝げたところもない。小ぶりで地味だが、高価な櫛だとひと目でわかる。

お京は、しばらく無言で櫛を見つめた。そして、かすれた声で言った。

「いいんだよ」

そう言われても、いただくわけにはいかない。おふゆは首を振った。

「いつか、櫛でも簪でも、市之進の嫁さんにあげるつもりだった。だから、おふゆちゃんに受け取ってほしいんだよ。……ただ、喪に服すのにふさわしい色だったね」

堪忍しておくれ、と言った。

そのまま手の平で温めていたら、闇夜に溶けてしまいそうだ。おふゆは黙って髪に挿した。

「……おふゆちゃん、ここでさよならだ」

それが永遠の別れに思えて、おふゆはお京に手を伸ばした。

悲痛な胸の内が伝わったのだろう。

「ごめんよ」

お京は謝った。

「あたしらは、そのうち江戸を離れる。もともと落ち着かない性分なんでね」

おふゆの胸に寂しさが押し寄せた。悲しみを分かち合える人が行ってしまう。

「惜しんでくれてありがとうよ。でもね、あたしは行かなくちゃいけない。同じところに留まっているわけにはいかないんだよ」

提灯の明かりを見つめながら、お京は言った。

「亡くなった亭主が好きだった句があるんだ」

——旅に病んで夢は枯野をかけ廻る……

知ってる。仙台にいたとき、たけ屋の主人が短冊を飾っていた。

閑さや岩にしみ入る蟬の声
五月雨をあつめて早し最上川

奥州を歌った句が多かった。

漢字を読めなくとも、おふゆは諳んじることができる。朝と晩に、たけ屋の主人が唱えていたから、いつしか頭に染み込んだ。

「あたしは学問をしたことがないけど、この句だけは好きなんだよ。旅から旅への、旅烏のせいかねえ」

お京は苦笑した。柄にもないと言いたいのだろう。

「この空の下の、あるところでね、あたしの亭主が眠ってるんだ。あたしが最後に廻るのはそこだと決めている。……それまでは、あちこちで巡業するつもりさ」

おふゆに向かって、深く頭を下げた。

「二代目清川嘉右衛門を立派に描いてやっておくれね」

それは、市之進が清川座にいた頃の名前だった。

三

横たわっても、一向に眠気は訪れない。おふゆの目は冴えていた。

闇の中に、市之進の姿が次々と浮かぶ。幼い頃、おふゆの頭を撫でてくれた。卯の屋でおいしそうに団子を頰張っていた。どの市之進も笑っている。

しらじらと朝の光が戸の隙間から差し込み、遠くで蜆売りの声がする。

おふゆは起き上がった。床に伏していられない。音を立てずに階段を下りた。

工房には誰もいなかった。いつも岩五郎と弟子が寝起きしているが、夕べはどこかに泊まったらしい。顔の広い岩五郎のことだ。絵師仲間の部屋に上がり込んだのだろう。

岩五郎は、おふゆの気持ちをわかっていた。お京だけではなく、おふゆの顔を見るのも辛かったに違いない。

畳の上に座ると、音もなく襖が開いた。

「早いな。眠れなかったのか」

すでに国藤は自分の部屋にいた。

「お願いがございます」

おふゆは畳に手をついた。しかし、国藤の返答はない。さらに頭を低くする。

「わたしに描かせてください」

ずっと考え続けていた。どうすればお許しをいただけるのか。胸の内を正直に話して、訴えるしかない。誠意を込めてお願いしようと決めた。

「……お前の心持ちはよくわかった」

えっ、とおふゆは顔を上げた。見れば、目が赤い。眠れなかったのは、国藤も同じだったらしい。

「済まぬと思ったが、夕べはここで話を聞かせてもらった。奇妙な因縁を感じざるを得なかった。これが、お前に課せられた定めかと」

そう言うと、懐から一通の書状を取り出した。

「これを頭取に見せなさい。お前に絵を描かせるように頼んである」

おふゆはおそるおそる受け取った。書状を落とさないようにと、指にしっかり力を込める。

「事実を受け止め、しっかり見ることができるか」

「はい」

目を背けないと誓う。

「疎かな絵を描くことは許さぬ。世に出せぬと断じたときは、代わりに儂が描く」

よいな、と念を押した。

朝の江戸市中は気ぜわしい。野菜や魚を売る棒手振りや、仕事場に向かう職人たちが大勢行き交う。往来も、橋の上もごった返して騒々しい。

おふゆもまた、逸る気持ちを抑えながら、懸命に浅草を目指した。風呂敷包みを背負い、懐には書状を収めている。この一通だけが頼りだ。決して放すまい。

芝居小屋に着くと、木戸番に訴えた。

「お取り次ぎを」

まだ寝ぼけ眼の木戸番は胡散臭そうにおふゆをじろじろ見たが、書状を受け取ると、ぶっきら棒に言った。

「ここで待ってな。でも、期待するんじゃねえよ」

書状を手に、小屋の中へと入って行った。祈るような気持ちで、おふゆは木戸番を見送った。

しばらく立ち続けていたら、頭取が姿を現した。目が落ちくぼみ、頬がこけて疲弊(ひへい)しきっている。頭取が国藤を訪ねてきたのは昨日のこと。たった一晩で、十も二十も老いたように見える。市之進の死は相当な痛手だったのだ。

「こっちに来なさい」

頭取が踵(きびす)を返すと、その後ろに続いた。

案内されたのは、三畳ほどの板の間だった。天井近くに明かり取りがある。市之進は顔に白い布をかけられ、北枕(きたまくら)で寝かせられていた。

枕元には線香立てが置いてある。火が点(つ)いたばかりの一本から、白い煙がゆっくり立ち上る。

おふゆは、よろけながら中に入った。市之進の顔のそばに、くたくたと、糸が切れた繰り人形のように座り込む。

水の中に放(ほう)り込まれたようだ。何も聞こえない。

白い布を凝視する。しばらく茫然(ぼうぜん)としていたが、頭取の咳払(せきばら)いに引き戻され、我に返って手を合わせた。

「ここで市之進は寝起きしていた。金を貯めたら、どこかに部屋を借りたいと言ってたな。所帯を持ちたい女でもいたのかねえ」

頭取は視線を落として立っている。その目に、心の動きは浮かばない。ただ、暗い絶望があるばかりだ。

「荷物は行李ひとつだったが、お京さんが持って行った」

お京は市之進の顔を見ることができたのだ。小さく安堵した。

「昨日は済まなかった」

頭取の謝罪に、力無く首を振る。

「あんたのことを知らなかったからね。市之進が目当ての、ただのご贔屓かと勘違いしたんだ。そういう女が、たくさん楽屋に押しかけてきた。あんたも、その一人だと思ったが、お京さんから聞いたよ。市之進とは、古い付き合いだったとね」

悪かった、と繰り返した。

「舞台の芸は儚いんだよ。どれだけ喝采を浴びても、幕が閉じればそれっきり。その姿を留めておくことはできない。……だが、絵は違う」

慟哭を押し止め、絞り出すように言った。

「国藤師匠を信じて、あんたに託そう」

頭取は静かに戸を閉めると、重い足取りで遠ざかった。市之進を喪ったやるせなさが伝わってくる。

静けさの中、市之進と二人きり。

「……市之進さん」

白い布を取ると、額の大きな痣が目に入り、おふゆは息を呑んだ。

頬には赤い擦り傷がついていた。陶器のように白く、滑らかだった肌が思い出される。床に打ち付けられたとき、鈍い音がしたのだろうか。

だが、市之進の表情に苦悶はない。その口元には微笑がある。

どうしてそんな顔ができるの。主役の座を射止めたばかりだった。顔見世興行に出ることも決まっていた。

悲願を達成したためか。舞台の上で死ぬことが本望だったからか。

手を伸ばして、市之進の頬に触れた。ひやりとして硬い。

石のような頬に手を当てたまま、無言で市之進を見つめる。虚ろな心に、冷たい風が吹き込んでくる。

今、わたしはどこにいるのだろう。ここで眠っているのは、本当に市之進さんなの。

お芝居の最中にいるような気がする。舞台の上は幻の世。

風呂敷包みを解(ほど)いた。中には、画帖(がちょう)と矢立(やたて)が入っている。おふゆは画帖を開き、筆を執(と)った。眠り続ける市之進の顔に視線を注ぐ。

じっくり顔を見るのは初めてかもしれない。目が合うと、恥ずかしくなって、顔を逸らすことが多かった。

唯一、舞台に立つ市之進だけは長く見つめることができた。ひたすらに、舞台を駆け巡る市之進を追った。全身が目になったように感じた。

正面から。顔の右側から、左側から。座る位置を変えながら、おふゆは描き続ける。左目の下に、ほくろを見つけた。間近で見なければわからないほど小さい。耳は大きく、形はいいが、耳たぶは薄い。幸の薄さを表しているようだ。

国藤から与えられた画帖は、描き写しているうちに紙が尽きた。

芝居小屋を出ると、まばゆい日差しに目が眩(くら)んだ。頭取は出てこない。木戸番は、黙っておふゆを見送った。

浅草は今日も賑(にぎ)わっている。ついこの間まで、芝居小屋を沸かせていた役者が死んだことなど、すっかり忘れてしまったように。だが、喧噪(けんそう)はおふゆの耳を通り過ぎる。

描き溜めた画帖を胸に、おふゆは米沢町へと向かっていたが、ある店の前で足が止まった。そこは、馬喰町の地本問屋だった。

この絵だったのか、頭取が話していたのは。ひと目でわかった。市之進を揶揄する死絵だと。

軒下には、二枚の絵が翻っていた。一枚は、荷車を引く市之進を描いている。幟を立てて、市之進は桃太郎の格好をしていた。荷車に載せているのは、張りぼての猿と犬と雉だ。旅をしながら芝居を演じる生き方を嘲笑っているように思えた。

もう一枚には、伊右衛門の衣装を身につけているが、天井から転落した姿が描かれていた。全身を強く打ち、伊右衛門は苦痛に顔をゆがめている。その様子を、背後からお岩が見ている図だ。お岩の表情は禍々しく、ざまあみろと嗤っているようだ。まるで、あたしの呪いだと言いたげに。

唇をきつく噛みしめる。

——本当に、綱が切れただけだったのかねえ。

お京は悔しそうに言っていた。しかも、確かめることは拒まれた。

市之進を快く思わなかった役者が、地本問屋に手を回したのかもしれない。出自をからかう絵を広めて、評判を地に落とそうとするために。

目を逸らさずに、おふゆは店の前に立ち続けた。そこへ、大店(おおだな)の跡取りらしい二人の男が通りかかった。黒地の羽織をぞろりと着こなしている。

二人は地本問屋の前で足を止めると、軒下の絵を見ながら言った。

「これは鷹野屋の三代目じゃないか」

「何でも、旅芸人一座の出自らしいね」

「へえ。そんなやつでも浅草の舞台に立てるのかい」

笑いながら、さっさと立ち去った。

勝手なものだ。舞台で喝采を送り、大したもんだと唸ったのも束(つか)の間(ま)のこと。たった一枚の絵を見ただけで、本当はこんなやつだったと手の平を返す。それが、悪意に満ちた作為かもしれないのに、疑うこともしない。

これが、市之進が歩いていた道なのだ。嫉妬(しっと)や怨恨(えんこん)が渦巻き、隙あらば人を蹴落とそうとする。自分に都合の悪い者が弱ったら、容赦なく叩きのめす。そこに、共存はない。激しい競争が繰り広げられるだけだ。

おふゆは、目の前の絵を破りたくなる衝動に駆られた。けれど、堪(こら)えねばならない。そんなことをしたら国藤師匠に非難が向かう。これだから女の絵師はと、ここぞとばかりに言い立てられる。

悲嘆よりも激しい力。それは、憤怒だ。

空っぽだった心に、何かが忍び込む。

「……このままにしておけない」

わたしにしかできないことがある。

四

行燈の明かりはほの暗い。炎が揺れるたびに、おふゆの影が動く。まるで、内心の動揺を表しているようだ。

おなみは二階に引き上げた。岩五郎と弟子はまだ帰ってこない。ただ一人、国藤だけが隣の部屋で待っている。おふゆが死絵を描き上げるのを。

青い毛氈を広げ、おふゆは目を閉じた。怒りにまかせると、筆を誤る。決して息を乱さずに。自らに言い聞かせる。

真実の市之進さんを、わたしが描いて伝える。

真っ先に浮かんだのは、浅草で演じた伊右衛門。それから、秋保で見た助六。かばってくれた広い背中。卯の屋で見せた明るい笑顔。

そして、一人きり、静かに煙管(きせる)をくゆらす横顔。そこには、一切の表情が浮かんでいなかった。何を考えていたのだろう。座頭（ざがしら）としての重責を堪えていたのか。市之進の孤独が偲（しの）ばれる。

　子どもの頃に父親を失い、母親とともに芸人たちを率いる立場となった。

旅芸人は辛い稼業だ。各地を巡り歩き、一箇所に留まることはない。歓迎されれば喜びもあるが、白い目で見られることもある。

江戸に来てからも順風満帆（まんぱん）ではなかった。数々の辛い仕打ちを受けた。

長い間、どれだけのことに耐えてきたのか。時には、辛抱しがたい屈辱を黙って呑み込んだに違いない。役者をやめたくなったこともあっただろう。

だが、最期まで貫いた。父親と母親の想いに報いるために。何よりも、自分自身が役者の道を究（きわ）めるために。

役者として生き、役者として死ぬ。長くはないが、深みのある生涯だった。

目を閉じたまま深い呼吸をひとつ。筆を執（と）る前に、気持ちを研ぎ澄ませる。

額にも、手の平にも汗はない。暑さが遠のいた証（あかし）だ。心の平静を保つことができれば、筆が滑ることはない。確かな絵を描ける。

——国藤師匠を信じて、あんたに託そう。

頭取の期待に応（こた）えられるだろうか。女の絵師なんぞ、小娘なんかにと、今までさんざん罵られてきた。それを思うと、自信が揺らぐ。

しかし、お京の願いに心を打たれた。青ざめた顔は必死だった。

何よりも、おふゆには強い想いがある。想いは、絵を描く支えとなる。幼い頃から憧れていた。目にした姿は、すべて覚えている。筆を通して表せる。

舞台の大仕掛けを市之進が思いついたように、おふゆも考え込む。そのままの市之進を描くだけではない。見てきたままの市之進を表すことなら、すぐにでもできる。まぶたに強く焼きついているから。

不安はある。けれど、国藤から挿絵を描くことを止められてから、目に見えるものを黙々と描き写してきた。その日々は、おふゆの腕に揺るがぬ力をつけたはずだ。基となる力が身についていれば、逡巡することなく、線を引くことができる。頭に浮かんだものを難なく描ける。

でも、それだけじゃだめだ、根元のところが解決しない。面影を色濃く残しながら、新しい物語をこしらえるにはどうすればいいだろう。

気が急いて、呼吸が速くなる。はやる気持ちを押し止めて、尚もおふゆは目を閉じ、暗闇の中で黙考する。

おふゆの愚かな行いを叱責され、破門を免れた日に国藤は言った。素直に物を見て、想いを込めよと。

今こそ、心の奥底をさらい、描きたい絵を描くときだ。

わたしが描きたいのは、どんな市之進さんなのか。頭に思い描くところでつまずいている。考えて考えて、考え抜かねば。ぎりりと眉間（みけん）に力を入れる。

じっと目を閉じて思案していたら、母親の顔がまぶたに現れた。悲しげに、おふゆを見つめている。狼狽（ろうばい）して、大きく胸が波打った。

「……おっかさん」

な、描くことは苦しいべ。そう言いたいのか。

幼い頃には戻れない。無邪気に、棒っきれで絵を描いていたときから、こんなにも遠いところに来てしまった。

今のわたしを見たら、おっかさんはどう思うだろう。もう、描くのをやめな。案じて、そう言うかもしれない。

いいや、違う。そんなはずない。胸が痛むほど心配しても、おっかさんは、わたしがやりたいことを決して止めたりしない。

不安を打ち払い、背筋を正す。

——どこかで見ていて、喜んでいるかもしれないねえ。

お京は言った。亡くなっても、絵を描くあんたをおもとさんは見ているよ。そうして、いつまでも見守ってるんだ。

今、おっかさんはどこにいる。それから、市之進さんは……。

一枚の絵が閃いた。漆黒の闇の中、鮮やかに浮かび上がる。

「これしかない」

おふゆは目を開けた。一切の動揺は消え、心は静かだ。怒りの潮も遠のいた。

青い毛氈の上に、一枚の半紙を置く。袂から白い襷を出し、両袖を絞る。筆を執り、墨を十分に含ませた。

新しい紙に初めて線を入れるたびに、緊張して胸が破れそうになる。だが、筆先が紙に触れると、たちまち気持ちは解き放たれる。自身が筆となって、自在に紙の上を滑る。

最初から得心の行く絵を描けることなど皆無だ。ましてや、市之進の姿を描くのだ。思い入れの強さは、心を頑なにする。腕が強張り、不要な力が入る。

筆の尻を噛み、半紙を何枚も反故にした。夜が更けてゆく。とうに子の刻は過ぎたが、尚も呻吟を繰り返す。

身体が汗ばんできた。工房に熱気がこもっている。おふゆから発せられた熱だ。

胸元から懐紙を出して汗を拭う。額にも、鼻の頭にも汗が浮き、懐紙はしんなりと湿った。

市之進さんの目は、鼻は、口は。顎の細さは、眉の太さは。ひとつひとつを鮮明に思い浮かべる。寸分の違いもないように画帖を何度もめくる。

薄くて形のよい唇。鼻筋が通り、眼差しは涼やかだ。絵を見た誰もが、これは伊右衛門を演じた市之進だと、わかるように描く。眉が下がった。指の長さが気になる。そのたびに、はじめから描き直す。

もどかしくて、焦りが募る。だが、ここで辛抱しきれずに、いい加減な仕事をしてはいけない。挫けそうになる心を宥めすかし、堪えながら筆を揮う。

歯を食い縛りすぎて、奥歯が削れてしまいそうだ。こめかみから汗が滴り落ち、半紙を濡らす。苛立ちを抑えながら、くしゃりと丸めた。おふゆの周りに反故が重なり、もはや畳が見えない。

たった一枚の絵に、ここまで時を費やしたことはなかった。納得する絵を描くとは、こういうことなのだ。

疲労はまったく感じない。延々と半紙の上に屈み込む。腕にも、手にも力がついている。いつの間にか、右手の中指には固いたこができていた。不格好かもしれないが、この指を誇りに思う。

彫師に渡す板下絵ができたのは明け方だった。筆を置く前に、何度も主線を確かめた。妥協は許されない。それから、顔料の調合。黒、青、黄。基となる色を慎重に選び、摺師への指示を書き込みながら、下描きに塗る。

やがて、夜が明けた。行燈を消しても、工房の中は明るい。手にも腕にも、墨がついている。

今は何刻だろう。日が高くなる前に彫師に渡さないと、その日のうちに売ることができない。

障子に雀の影が映る頃、

「……お願いいたします」

襖の向こうに声をかけた。

工房に入ってきた国藤は、硬い表情をしている。

おふゆから絵を受け取るなり、強く眉根を寄せた。

「お前の描いた絵を見て感心したのは、これで二度目だ」

はい、とおふゆは答えた。力を振り絞った末の、吐息のような声だった。

「とうとう花が開いたな」

国藤はぽつりと言った。だが、その表情は痛ましげだ。弟子の開花を口にしながら、危ぶんでいるように見える。

「手腕を見せず、筆跡を残さず、ただ、そこに絵が在ればよい。号がなくとも、絵師の名が浮かべば本望だ」

国藤は厳しい眼差しをしておふゆに言った。

「覚悟はあるか」

「はい」

「ならば、禁を解く」

許しを得られた。再び「冬女」と名乗ることができる。

「経文は儂が書こう」

国藤は、白い襷で袖を絞った。

彫師に渡さねばと、国藤はおなみを起こし、すぐに届けるように言った。おなみは素早く身支度を調え、風呂敷に包んだ絵を持って出て行った。おなみと入れ違いに、国藤は二階に上がる。弟子が集まるまで休むらしい。

工房に残され、おふゆは放心して天井を見上げた。

「……描けた」

描けると思わなかった。身の内が空っぽになったと思っていた。もう、わたしの中には何も残されていないと。

けれど、そうではなかった。火種は残っていた。

想いは薪(たきぎ)となり、一気に火を噴いた。

五

その日の夕刻に、板元の店先に市之進の死絵が並んだ。絵を見て、ご贔屓にしていた女たちは泣き伏した。

「ちょいとご覧よ。これは三代目じゃないかい」

「本当だ、たしかに富沢市之進だ」

「あたしゃ、泣けてくるよ……」

おふゆが描いたのは、西の国へと向かう旅装束。

黒い合羽(かっぱ)を身にまとい、紺地の脚絆(きゃはん)をつけている。旅装は、死装束と同じ水浅葱(みずあさぎ)色。

肩には振り分け荷物、左の手で菅笠(すげがさ)を傾け、光が差す空を仰ぐ図だ。山吹色の光は温かい。

市之進は、旅芸人の出自を恥じていなかった。その想いをおふゆは汲み取った。

この絵は揶揄ではない、敬慕だ。

その眼差しは穏やかで、すっきりと澄んでいる。口元には微かな笑みをのせた。これまでのことも、これからのことも、すべて納得していると。

そして、背景に大輪の白菊を三本描いた。市之進の気高い魂には、一点の汚れもない純白の花がふさわしい。せめて、花を手向ける代わりにと、ひとつひとつの花びらを丁寧に描き上げた。

三代目富沢市之進　行年二十六

清冽な若さが、いきなり閉ざされた人生の無情を示している。

岩五郎は真実を言い当てていた。あの日、おふゆが死絵と出会ったことは必然だったのだ。

これが、わたしに定められた絵。秘め続けた想いをすべて傾けた。

役者の市之進さんに憧れて、尊敬していただけじゃない。一人の男の人として、市之進さんが好きだった。

その気持ちを素直に込めて、最後の一筆まで描き上げた。

ひとこと告げればよかった。心から慕っていることを。

今更悔やんでも仕方がない。想いを明かす機会は失われたが、筆に託すことはできた。わたしよりも、市之進さんを愛しく描ける絵師はほかにいない。

身に沁みるのは、お夏に言われたこと。

――絵心も、恋心も大切にね。どっちも捨てないでほしいわ。恋をすることで、おふゆちゃんが描く絵はもっと豊かになるから。

絵を見て、誰かが気づくかもしれない。これを描いた絵師は、この役者に格別な肩入れをしていたようだと。

結実。絵を描き上げることで、恋は昇華した。膨らんだ想いをあますことなく表し、すべてを捧げた。

西の空を見上げる。夕焼けが広がり、雲は黄金色に染まっていた。雀が群れを成して飛んで行く。これから塒に帰るのか。

お天道様の光は、江戸の街をあまねく照らす。しかし、大きな屋敷や生い茂る木に遮られ、十分に日が当たらないところもある。それでも、市之進はお天道様を信じていた。

上を向くおふゆの耳に、興奮した声が聞こえた。

「こりゃあ、すげえ。今にも動き出しそうだ」

「一枚、いや二枚、買っておこう」

「誰が描いたんだ。実に見事な錦絵じゃねえか」

おふゆは賞賛を背で受け、板元を後にした。

描いた絵に「冬女」という号は入れなかった。国藤は「禁を解く」と言ったが、おふゆはあえて記さなかった。女絵師が描いた絵だとわかったら、余計な憶測がつきまとう。

名前は知られなくてもいい。そんなことは望んでいない。

気になることは、ただひとつ。

どこかで、この絵を見てほしい。描くことをおふゆに託したお京を思う。

ああ、これはと気がつくだろうか。ささやかな温(ぬく)もりにしてくれるだろうか。

市之進は光を浴び続ける。絵の中で、永久に。

号がなくとも、きっと伝わる。店頭に並んだ夥(おびただ)しい錦絵の中から、わたしが描いた一枚を見つけてくれる。

――お前が心から描きたいものは何だ。

――自分にしか描けぬと、胸を張れるものはないのか。

国藤の問いかけが鮮やかに甦る。問われてから、常に自問を繰り返してきた。

錦絵を描きたい、その気持ちは変わらない。「東海道四谷怪談」の舞台を見てから、さらにその想いは強くなった。

わたしは役者絵を、いえ、市之進さんを描きたかった。芝居小屋の看板絵が羨ましくてたまらなかった。師匠からお許しを得られたら、真っ先に市之進さんを描こう。固く誓っていたけれど……。

――俺の役者絵を描いてくれよ。うんと男前にな。

誰も知らない、二人だけの約束。

死絵は役者絵のひとつ。最期まで、いや、浮世をお暇したあとも、市之進は舞台を探して立ち続ける。

腹を削がれた雲が飛ぶ。東から、空が青く染まりはじめた。金色に縁どられた雲は、やがて深い闇に呑まれるだろう。

頭が重いのは、一睡もしていないせいばかりではない。夢中で描き上げた疲れが全身を包んでいる。

帰らねばならないのに、どうしても米沢町には戻れない。もう少しだけ、顔料の匂いから遠ざかっていたい。おふゆの足は両国橋に向かう。

すると、橋の袂に矢助が立っていることに気がついた。編笠をかぶらず、傍らには相方もいない。

「聞いたぜ、あんたのいろのこと」

「……違います」

小声で言い返した。だが、おふゆの眼差しは強い。矢助を睨みつける。

「俺を疑ってるのか。馬鹿な女だな。俺は、役者をすっぱりやめたんだ。どうやって小屋に忍び込んで、綱を切ろうってんだ」

矢助はせせら笑う。

「前にも言っただろう。あの野郎には敵が多すぎた。そういうやつらが、同じ考えを持ったらどうなる」

おふゆの視線が揺れた。

「一人とは限らねえよ。何人かが、少しずつ綱を傷つけてりゃどうだい。いつかは、ぶっつり切れちまう」

「でも、頭取さんが」

不運を悼み、一晩でめっきりと老け込んだ。最後まで味方だったはずだ。

「そいつらの中に力のある役者がいれば、いくら三代目贔屓の頭取でも、黙って目をつぶるしかねえさ。三代目はもういねえんだ。その穴を埋める方が先だ」

お京も同じことを言っていた。市之進が抜けたあと、清川座を立て直すのは容易ではなかったと。

「言っとくがな、役者だけじゃねえぞ。芝居を商売にしているやつらも面白くねえと思ってる。口八丁の連中だから、表向きはおべんちゃらを並べてるが、腹の中は真っ黒だ」

もし、それがおみねだとしたら。差し入れをするとき、懇意の役者に手引きを頼み、綱に刃を入れたのか。愛しさが、憎しみに転じた果てに。

狂言方の瀬川も、市之進が勝手に大仕掛けを取り入れたことに、腹を立てていたのかもしれない。興行が成功したなら、尚のこと。

女にも、男にも妬心がある。笑顔の下に謀略があった。

「これでわかったかい。誰がじゃねえんだ、誰もが下手人だったんだよ」

おふゆは項垂れた。やりきれなくて、身体が重い。

両国橋を離れ、卯の屋へと向かった。

「いらっしゃい」

寅蔵とおりんは、温かくおふゆを出迎えた。

二人は、市之進のことを知っているのだろうか。穏やかな表情からは何も読み取ることができない。

そもそも、市之進が役者だと知っていたのかどうか。大抵、寅蔵は暖簾の奥にいる。おりんはあれこれ詮索するようなことはしない。

おりんは湯呑みにたっぷり水を注ぎ、おふゆに手渡した。

「まずは飲みな。暑かったべ」

湯呑みを受け取ると、一気に飲み干した。知らないうちに、喉がからからに渇いていた。そんなことも気づかないまま、街の中を歩いていた。

「ずっとおふゆちゃんが来るのを待ってたんだ。なあ、寅蔵」

おりんが言うと、寅蔵は箸を添えた皿を差し出した。

「来てくれてよかった。食べてもらえないかな」

皿の上を見て、ぽつりとつぶやいた。

「……ずんだ餅」

そうだよ、と寅蔵は微笑んだ。

「やっと、これなら店に出せるって、お袋からお墨付きをもらったんだ」

鮮やかな浅緑色の衣からは、枝豆の香りがする。衣の中には、白くて柔らかい餅が入っているのだろう。

巾着(きんちゃく)を取り出そうとしたら、寅蔵はやんわりと押し止めた。

「今日は、お代はいらないよ。おふゆちゃんにうまいって思ってもらえたら、それでいい」

おふゆは皿を受け取った。枝豆をすり潰(つぶ)した衣を見つめる。

ずんだ餅は市之進の好物だった。

――ずんだ餅が待ち遠しいぜ。

楽しみでたまらないと、子どもみたいな顔をして言っていたが、この夏はとうとう味わうことができなかった。

「おふゆちゃん、ゆっくりして行くといいよ。おれは明日の仕込みがあるんで、奥にいる」

「んだ。今日は店じまいだ。おらは、これから買い出しに行く」

寅蔵は厨房(ちゅうぼう)へ、おりんは店の外へと消えた。

誰も、暖簾を片付けた卯の屋に立ち寄らない。傾きはじめた日を気にして、人々は急ぎ足で通り過ぎる。

涼風が頬を撫でた。昼の間は暑くても、日が落ちれば冷ややかな気配が漂ってくる。

もう、秋だ。

床几（しょうぎ）に腰をおろし、箸を取る。

つくづくとずんだ餅を見つめたあとに、箸でつまんでひと口食べた。

「……しょっぱい」

五年前、江戸でずんだ餅を食べた日を思い出す。

まだ幼かった。父親の影を追って江戸に来たものの、仙台を偲ばせるものを見て、郷愁が噴き出した。

あの日と同じ。涙の味。

幼い頃から「きれいな人」と仰ぎ見てきた市之進は、妬みや恨みが渦巻く道を歩んでいた。

そこは、浮世の醜いものをさらに煮詰めたようなところだった。嗤われ、蔑（さげす）まれ、絶望したこともあっただろうが、決して市之進は染まらなかった。

一途（いちず）に高みを目指し、そのまま天上へと旅立った。その姿は尊い。もはや誰も汚すことができない隠世（かくりよ）の人となった。

——小せえのに、えらいじゃねえか。

優しくて、美しかった市之進。笑顔ばかりが思い浮かぶ。

——じゃあな、また会おうぜ。

いつも、別れ際にそう言った。望めば会える人ではなかったから、唯一の頼りにしていたのに。

その日は永久に来ない。どれだけ待っても、市之進は現れない。

描いている間は夢中だった。空っぽだった心に熱いものが芽生え、ひたすらおふゆに絵を描かせた。

芝居小屋に横たわっていた市之進を忘れることはないだろう。顔を見るまでは、苦しげに眉を寄せているのではないかと恐れていた。ところが、おふゆの考えは外れた。市之進はかすかに笑っていた。

亡くなる間際に何を見て、何を感じたのか。それを知ることはできないが、息が止まる刹那(せつな)に、市之進は安らぎを得た。その表情におふゆは慰められ、救われた。

「亡くなった人を悼み、遺された人を労(いたわ)る絵をわたしは描きたい」

それは、死者を新しい世に送り出す絵。

国藤は言った。花が開いたと。しかし、その花は涙で濡れていた。

幻は消え、一人きり。市之進がいない現で描き続ける。
おふゆの口から嗚咽が漏れた。熱い涙が頬を伝う。
在りし日を偲びながら、しょっぱいずんだ餅を噛みしめた。

本書はハルキ文庫の書き下ろし作品です。